MATANDO MONSTRUOS

ExLibric

P. C. VALENCIA

MATANDO MONSTRUOS

EXLIBRIC

ANTEQUERA 2025

MATANDO MONSTRUOS
© P. C. Valencia
Diseño de portada: Dpto. de Diseño Gráfico Exlibric

Iª edición

© ExLibric, 2025.

Editado por: ExLibric
c/ Cueva de Viera, 2, Local 3
Centro Negocios CADI
29200 Antequera (Málaga)
Teléfono: 952 70 60 04
Fax: 952 84 55 03
Correo electrónico: exlibric@exlibric.com
Internet: www.exlibric.com

ISBN: 979-13-87707-53-8
Depósito Legal: MA 711-2025

Impresión: PODiPrint
Impreso en Andalucía – España

Nota de la editorial: ExLibric pertenece a Innovación y Cualificación S. L.

P. C. VALENCIA

MATANDO MONSTRUOS

Este libro está dividido en varias partes, cada una de las cuales pretende dar significado a las etapas de nuestra vida por etapas clásicas. Es decir, hablaremos de nuestro niño interior para ver las heridas que se nos pudieron causar en esta primera etapa. Si bien en este momento no pudimos sanarlas por falta de madurez, es en nuestra etapa adulta cuando finalmente esas heridas lograrán ser sanadas. También hablaremos de la etapa adulta y, si ahí tenemos alguna herida, lograremos sanarla. Porque muchas veces, y quizá ahí radica el principal problema, al menos a mi parecer, tratamos de sanar a nuestro yo adulto. Que ciertamente está bien, pero hay algo que nos estamos olvidando: algo bastante importante. Nuestro yo infantil. Porque, si ese niño no ha sanado sus heridas, nosotros como adultos no podemos. Es como si trato de andar un camino; hay un tramo muy difícil e intento ir por otro camino, pero al no haberlo saltado, ese salto me daña. Debo primero, por tanto, reconstruir el daño que me hice con ese salto.

1. La base

Parte I

Reflexión con historias clásicas: el niño

¿Cómo comenzar una historia? Algunos dicen «por el principio». Otros, en cambio, te dicen «por donde tú quieras». Siempre he tenido la mala costumbre, por decirlo de alguna manera, de pensar que están equivocados. Quizá sea porque tienen la vida tan cuadriculada y estructurada en algo que podríamos llamar «los cajones de la vida», que ya saben perfectamente cuál abrir en cada momento. En cambio, yo he preferido dejarme guiar por los sentimientos. Quizá eso haga que, en ocasiones, el cajón que esté abriendo no sea el correcto. Quizá eso haga que mi conducta sea más impredecible y nadie sepa mi siguiente movimiento. Posiblemente, lo haya aprendido de mi forma de crianza.

Ahora mismo, en esta época, si preguntas a cualquier persona sobre cómo fue su infancia, da un golpe fuerte al cajón para ocultar la verdad. En su lugar, sacan una sarta de mentiras acompañadas por una adulación de incómodos silencios sobre cómo imaginaron que sería o debía haber sido su vida. En su lugar, yo prefiero, aunque duela, decir la verdad, por muy incómoda y dolorosa que resulte.

De esta forma, si yo os preguntara por vuestra infancia, la mayoría de vosotros me diríais «Disney»; otros me mencionarían «Dreamworks». Cuántas veces hemos leído los cuentos de Disney y nos hemos preguntado: «¿Por qué son tan diferentes de sus versiones originales?». Cuentos que reescribieron de autores clásicos para adaptarlos a los niños de ahora, o eso dicen. Porque siempre es mejor decir que la madrastra lo consiguió a la primera que decir que previamente lo intentó con un peine y un lazo, pero hasta que no le dio la manzana no lo logró. Por ello, hoy en este capítulo os voy a mostrar esos horrores que Disney intenta ocultar para evitar que salgan a la luz y se sepa los horrores que se esconden entre sus páginas. Todo ello visto desde una versión moderna, pero con una diferencia: no queremos que sean los niños los que aprendan una lección oculta entre las letras. En este caso, es a sus padres, el público adulto. Esto es lo que le comenté a mis amigos y cada vez que uno de ellos me cuenta uno de sus problemas, yo trato de darles solución al estilo Disney.

Cierto día, se me acerca una amiga; por motivos que quizá ya entendáis, no daré su nombre real. Llamémosla Ermegilda. Bien, pues una mañana se me acerca, se dirige a mí. La veo con un rostro de decepción, unos ojos cansados, dejando atrás el brillo de una joven adolescente. Marcando un nuevo rostro, pero demasiado demacrado para tener solo veinte años. Entonces, le pregunto:

—Ermegilda, ¿qué te ha pasado?

Ella se me acerca y me dice:

—Verás, como ya sabrás, mi hermano ha cambiado mucho desde la separación de mis padres. Quería hacer una vida feliz y tranquila. Me comienza relatando. A pesar de que, como bien dice, estaba al corriente de estos y otros asuntos, algo que dice me hace saltar las alarmas.

»Como sabrás, su mujer lo dejó hace años y ha decidido, por su cuenta, mudarse a otra ciudad. Él ya no puede ver a sus hijos y está intentando reclamar la custodia porque ella está todo el día de fiesta. Lo que pasa es que, para intentar mostrarse estable, estos últimos meses ha hecho un contrato con un árabe, porque sabe que son los que reciben más ayudas y, al tener una religión más restrictiva, pues son árabes ortodoxos, piensa que así se quedará con la custodia. Pero cada vez lo veo peor y no quiero que mis sobrinos acaben mal.

»Este hecho enfada a mi persona, pues sé que mi hermano es un buen hombre.

Así que me acerco a ella y le digo:

—Te voy a contar una historia. El bar de Juan: Aún recuerdo a Juan, el dueño del bar Richmore. Su padre, un hombre nacido en 1920 y en su buena voluntad, le dejó el bar en herencia. Trataba a los clientes con una amabilidad digna de esos años donde aún se respiraba en las carteras, al igual que hizo su padre. Entonces, un día entró el euro, esa moneda que prometía tanto, pero acabó siendo una dulce mentira. Los impuestos subieron, lejos de bajar como los habían prometido al entrar en eso que llamaban «la zona euro» o «Unión Europea», y le costaba incluso llegar a fin de mes. Así que decidió ir al castillo de la ciudad, llamado Hacienda. Lejos de asustarse, como le habían dicho, allí solicitó una ayuda para poder seguir atendiéndonos y que no nos agobiaran los nuevos precios; él sabía que los salarios no subían. El dueño del castillo se sintió ofendido y fue a la casa de Juan. Su hija, Bella, suplicó que no se lo llevasen, que ella iría en su lugar. Empezaron a oírse risas y carcajadas. Hacienda decidió que aceptaría, pero solo si ella se hacía cargo y devolvía la ayuda. Le dio una dirección a donde debía pagar ese dinero. Allí figuraba un nombre y una dirección: Abdul, uno de los jóvenes a los que le encantaba brindar esas ayudas que creía necesarias, ya que era uno de los sirvientes del rey marroquí. Al llegar, vio que ese hombre tenía a varias mujeres solo para tener hijos y no le importaba golpearlas sin piedad. Esa noche, Bella le quitó la vida a Abdul y su padre pasó a ocupar el puesto y poder cobrar la ayuda, y volver a abrir ese bar, siendo felices y liberando a las mujeres e hijos del terrible hechizo dañino de esa bestia. Por eso, si le veis, ahora es el príncipe Abdul y las mujeres, al fingir estar casadas con él, son libres de vivir su vida.

»No sé si entiendes lo que te quiero decir —comienzo a decirle—, pero si realmente investigas sobre esa religión, vuestra forma de crianza y el daño que pueda ocasionar a sus sobrinos.

Ella me responde con una sonrisa y una señal de asentimiento. Me da un abrazo, agarra su móvil y sale corriendo al ritmo que va sonando la señal de llamada.

En ese momento, yo me había quedado vagando por las calles con la única compañía de mis pensamientos que, si me permitís la sinceridad, no eran muy buenos. Quizá ese es el problema de la sociedad: plasmamos diferentes tipos de villano. Algunos con aspecto humano, otros alterados en aspecto físico; incluso otros podrían no ser humanos, pero quizá no terminemos de entender qué tienen todos en común: el cerebro. Ese es nuestro mayor enemigo. Cuando te dejas llevar por él, haces cosas que no querrías, simplemente, porque se pase ese dolor de cabeza. En otras personas, alegan que oyen voces. Entonces, yo me pregunto: si ese es el mayor enemigo que nos atormenta, ¿por qué buscamos en otros esa tiranía?

Para los que no terminéis de entenderlo, os pondré un ejemplo. Imaginad que debéis ir a trabajar, como lo hacéis cada día. Justo en ese momento, te preparas y recibes una llamada. No le das importancia porque debes coger el autobús o el coche, pero sin saber por qué, le empiezas a dar vueltas. ¿Por qué me llamó? ¿Qué es lo que quería? ¿Le habrá pasado algo? En cuanto tienes un descanso, le llamas, pero no te contesta. Y de nuevo te pones en lo peor. Al rato, recibes un mensaje: habías quedado a comer con esa persona, pero te lo recuerda porque muchas veces se te olvida ir. ¿Realmente nos olvidamos de las citas importantes o de las personas con las que quedamos? O, en cambio, ¿el cerebro es ese vil villano que cada vez que intentas disfrutar de tu tiempo libre hace que se te olvide?

Pues es por este mismo hecho, motivo, suceso o como prefiráis llamarlo, el porqué de esta segunda historia. Una historia en la cual el cerebro y los caminos equivocados hacen que lo que parecía una vida perfecta deje de serlo. Hoy os hablaré de mi amiga Athenea.

Athenea era una joven española. Acababa de conseguir, tras cuatro años intensos de estudios, su deseo de ser abogada. Pensaba que por fin iba a poder ayudar a todas las personas que, durante millones de años, fueron impasibles ante la justicia y hacían lo que deseaban.

Estaba deseando ir esa mañana del 20 de julio de 2000 a por su título en Derecho; sabía que ese iba a ser su día, que por fin esos infiernos y pesadillas de las personas iban a acabar.

Había oído hablar en televisión de una mafia que había llegado a España hacía tiempo, lo cual la animó más a ayudar a esas personas. Todo el mundo merece ser libre y no someterse.

Rápidamente sonrió mientras cruzaba los pasillos, recordando todo el tiempo que dedicó a estudiar en ellos. Al llegar, asintió y, entre risas, firmó feliz de haberlo conseguido. Ya estaba saliendo cuando alguien la agarró; su título cayó al suelo y uno de sus cabellos rojos quedó grabado en ese papel que tanto le costó conseguir. Una sombra palideció, indicando lo que ya parecía más que evidente: nadie la volvería a ver. Mientras sus familiares lloraban su pérdida, la policía, tal como predijo, fue perdiendo la esperanza; miles de equipos de búsqueda emprendieron la marcha. Intentaron recorrer la zona en busca de alguna pista. A más de 120 km, su infierno acababa de comenzar. La llevaron a un bar llamado Bajo el Mar. El nombre no era alentador y eso la asustó aún más. Allí, la mafia conocida como Tritones ofrecía a mujeres como Athenea bajo el nombre de Sirenas, todas jóvenes a las que en algún momento les arrebataron su vida, a unas antes que a otras. Obligándose, en ocasiones, a exhibirse como tal, no solo a modo de burla, sino para que los hombres imaginaran a una sirena sentados frente a ellos. Un triste día, Athenea dio a luz a una hija, fruto del daño del dueño, al que llamaban El rey Tritón, un hombre que parecía mayor, pero no pasaba de los 42 años a pesar de que su pelo era largo y blanco.

La joven Athenea fue asesinada para evitar pruebas, debido a un hecho bastante difícil. Todo empezó una madrugada en la cual dio a luz a una niña preciosa. Entre lágrimas, la cogió en brazos y ese día intentó huir con su hija, ella arropada entre sus brazos, todo para evitar que tuviese ese mismo infierno que ella jamás deseó. Uno de los hombres de Tritón agarró el arma y apuntó a la cabeza de Athenea; ambas cayeron al suelo. Al coger al bebé, vieron que cayó frente a un detergente llamado «Ariel», por lo que, a modo de burla, la llamaron así y, de ese modo, jamás pensaría en huir para no acabar como su madre.

Su cuerpo fue dejado en la misma ciudad; a unos kilómetros, un hombre que paseaba la encontró. Lejos de aliviar el dolor, aumentó la impotencia al ver que, si hubiesen seguido, la habrían encontrado viva.

La joven fue creciendo. A la edad de 15 años, bajo la supervisión del rey Tritón, decidieron enviarla a la calle para que viera lo que era realmente la vida. Allí, vio una realidad diferente. Fue entonces que comenzó a ver a un joven. Vio que sus amigos le llamaban Froilán. Cuando llegó, le pidió a la *madame,* conocida como Úrsula, que la ayudara. Ella le dio un pase. Le dijo la cantidad que debía cobrarle y que, si no lo hacía, no podría garantizar su vida. Era la primera vez que se ponía unos tacones, así que sus pies se machacaron y el dolor la atormentaba. Por fin lo encontró y consiguió el dinero, pero el reloj no perdona. Corrió lo máximo que pudo y le dejó una tarjeta. Al llegar, se lo entregó a Úrsula. Esta vio que había de más y tramó un plan.

Esa noche, el joven llegó al bar; Úrsula se disfrazó como Ariel e intentó ver que era ella. Ariel intentó decir la verdad. Froilán acabó confundido, pero cogió a Ariel y salió corriendo. Úrsula se enfadó y fue a decírselo a Tritón. Intentaron abatirlos, pero los guardaespaldas de él la protegieron.

Como veis en este pequeño relato, intentó esquivar una realidad eludiendo en sus pensamientos: «Yo puedo. Yo lograré cambiar esto». Y su final dio un giro radical, acabando de la peor de las maneras posibles. Pero volviendo al tema de los villanos, quiero plantearos ahora qué entendemos por enfermedad mental. Normalmente se diagnostica a la víctima en base a unos síntomas que muestra, pero ¿por qué nadie se plantea el origen?

Quizá sea que los villanos internos de otras personas, normalmente seres conocidos, han sentido o, mejor dicho, pensado algún tipo de venganza hacia algo que ellos consideran que no es lógico. Quizá sea el inestimable peso de ambos villanos dentro de un solo ser lo que pueda llegar a provocar esa desdicha tan dolorosa. O quizá que, al no saber liberar, expresar o manifestar esas emociones, hagan desembocar las de esa forma.

Por ese motivo, en el siguiente relato vamos a indagar acerca de esas causas, ese dolor que nace dentro de nosotros e irrefutablemente estamos condenados, en función de unas causas, a acabar de una u otra manera. Esta es la historia de una niña que se llama Alicia. Y al hablar de enfermedades mentales, vamos a hablar de su doctor, el señor Morris. Por eso decidí ponerle de título *Alicia y el doctor*.

Mi nombre es Alicia y el doctor Morris dice que, si lo escribo todo, me ayudará con mi terapia, por lo cual decido comenzar hoy con esto. No recuerdo muy bien cómo acabé en el Mad Center. Así llaman a ese hospital; dicen que es para gente como yo. No comprendo bien a qué se refiere, pero espero puedan por fin ayudarme a estar bien y volver a ver a más niños como yo. Llevo mucho tiempo viniendo aquí, pero solo era para una terapia; al menos así era como lo llamaban ellos. Mi rutina habitual era sencilla: me ponían en una camilla y una serie de ondas chocaban en mí. Debo admitirlo, al principio era muy desagradable y odiaba ir, sobre todo cuando ella apareció. Fue difícil hablarle, comprenderla y llegar a un acuerdo. Era un ser malvado, o eso pensaba al principio. Supongo que alguna vez tomó ella el control de mi cuerpo y por eso estoy aquí; nadie consigue entender que no recuerdo nada porque no era yo. Lo que más me duele, mamá, no me cree. Solo me recuerda lo que le hablé del cole, lo de los compañeros y cómo me trataban. Especialmente, el último día que les vi, le conté que unos niños malos se reían y se burlaban de mí, a costa principalmente de mis buenas notas, pues ellos podrían lograrlo si estudiaban. Se lo comentaba y no me hacían caso, pero, la última hora antes del patio de ese último día que fui al cole… Carla me empezó a tirar del pelo; ella solo decía que Bad Bunny era mejor que los grupos que me gustaban a mí, como Nostra Morte, una música que habla de esos temas no tan típicos. Unos temas que no interiorizan a las personas en función del color de piel o del género con el que naces, y, por tanto, es inevitable. También cuentan con una base de las que ya no se oyen; no era la típica pista con una escala básica constante de dos notas que se repetía en bucle. Tenía una amplitud de notas, también una secuencia, y por eso quizás me gustaba. No obstante, ella seguía; sus palabras eran cada vez más hirientes. Veía cómo empezó a decir y a referirse, despectivamente, a ellos como El sombrerero. Eso despertó mi asombro, al ver la falta de conocimientos de esos cantantes por referirme de algún modo; taladro en profundidad su mente. Ese hecho hizo que les dijese lo siguiente: que prefería al sombrerero, alegando que era mejor que llegar tarde a llegar con un conejo con prisa. Viendo este alegato como algo irónico y siendo un chiste bastante sencillo, pensé que le haría gracia y acabaría la discusión, pero no me dejó terminar; algo en mí empezó a pasar. Recuerdo estar viajando a un sitio que no recordaba; supongo que fue por las pastillas para la ansiedad. Me recetaron esas pastillas cuando acudí al médico. Recuerdo que mi madre se preocupó porque comía menos. Y antes de que pudiera decir algo, papá dijo que, quizá por eso, mis notas estaban bajando. Al día siguiente, me pidieron cita con un doctor, quien finalmente acabó por recetarme esas pastillas. Al ir a consulta, me resultó extraño. Supe que era médico por su bata blanca y el estetoscopio que adornaba su cuello. Miré a mi madre con cara apenada, suplicándole con la única ayuda de mis ojos que me acompañase. No sé si no entendió el mensaje o simplemente lo omitió, pero fui con la única compañía de mi gato. Era un gato original y que, por algún motivo, solo yo era capaz de ver. Aun así, no pude evitar mirarle, señalando la comisura de mis labios, indicándole que permaneciera en silencio. Pensé que el *hombre de la bata no se dio cuenta, pero no fue así. Y al llegar a consulta, lo primero que me preguntó fue a quién le indicaba ese gesto. Traté de proteger al gato. Nadie podía saberlo. Y le hablé de ella. De la Reina roja. Más concretamente, de su ejército de cartas. Quienes trataban todo el tiempo de tumbar mi ideal y de cómo ellos estaban de su lado. Rápidamente me preguntó del lado de quién. No pude eludir la pregunta y le comenté cómo ellos ahondaban en la mente de mis compañeros, haciéndoles un barrido de eliminación de conocimientos a través de una música ensordecedora que llamaban reguetón y les hacía unirse a su ejército para acabar con gente como yo. Lo hacían a través de golpes, le comenté mientras mostraba mis heridas de batalla. Al terminar de hablar, mandó pasar a mis padres y la puerta se cerró.*

—Seré claro —comenzó diciendo el doctor—. Mi nombre es Julián Morris. Trabajo en el Mad Center desde hace más de diez años y nunca antes he visto un caso similar al de su hija Alicia. Parece que, tal como me dijeron, sí que sus compañeros le hacen sentir mal. De hecho, me atrevería a decir que es bullying, *pero no es grave, no se preocupen.*

»Simplemente, su hija Alicia parece que, al ser inteligente, no cayó en la adicción del colegio. Debe ser que salió un nuevo juego de cartas. Espero no estén apostando, pero su hija decidió no participar y eso provocó que sus compañeros la golpeasen, pero hay solución. Le receté unas pastillas para ansiedad y depresión para que pueda hacer vida normal.

El tratamiento fue bien hasta ese día. Mis ojos me empezaron a dañar algo, era diferente. El ser oscuro que me atormentaba comenzó a hablar. Se hizo visible y comenzó a decir: «No te preocupes, todo acabará». Y lo siguiente que recuerdo es esta habitación, blanca y un jersey. Poco a poco me llegan ciertas imágenes, como la mía en el suelo y los compañeros que se burlaban de mí, que antes lucían atractivos, sin vísceras. Los policías dicen que fui yo, en un ataque de ira, pero no lo recuerdo, pero en el fondo sé que la reina roja, como me gusta llamarla, me protege y no es tan mala como yo pensaba. Ahora le pediré que volvamos a casa. Mamá me echa de menos.

Seguro.

En esta historia hacemos hincapié en algo, que al hablar de salud mental es irremediable no indagar en ese origen. No obstante, no siempre esto se hace. Muchas veces, con tal de abaratar costes, se omiten o, más bien, se evita ahondar en las causas que radican en el origen de la enfermedad. Muchas veces se prefiere obtener datos primarios o básicos de menor coste. Siendo, por ejemplo, haciendo hincapié en la historia familiar, más conocidos como antecedentes, pero ¿qué pasa si estos corresponden a sanidades privadas donde las públicas no pueden acceder o viceversa? He ahí, por tanto, el origen principal de la problemática. Y una vez más, esos datos que debían ser cruciales para este tipo de investigaciones se omiten. ¿Qué hubiera pasado si en lugar de internarla, se hubieran analizado las causas del *bullying*? He aquí de nuevo la pragmática consonante e inevitable del círculo de pecados de esta sociedad. Si bien es cierto que los médicos no investigaron este hecho, los profesores y el personal del centro tampoco hicieron nada para evitarlo. Es, por tanto, inevitable la siguiente pregunta: ¿qué hubiera pasado en caso de haber llevado una correcta actuación?

Parte 2

Autoconocimiento: el adulto

En esta segunda parte, también vamos a intentar que los adultos vean esto desde otra perspectiva. Para ello, vamos a poner casos de diferentes famosos, empezando por los dictadores, enfocándose desde un punto de vista psicológico que lleve al lector a plantearse qué pasó realmente y a dudar de si estos escritos, que realmente no son verídicos, pudiesen llegar a serlo.

Vamos a empezar ahondando en algo con lo que poca gente se atreve a ficcionar: las causas históricas. ¿Qué hubiera pasado si los grandes dictadores históricos hubieran tenido heridas en su infancia que hubieran afectado a su adultez? Y ese adulto hubiera actuado de manera inherente hacia una herida interna. El problema radica cuando esa herida es plasmada hacia una colectividad que no debe ser ejecutada a tal índole.

Vamos, por tanto, a empezar hablando de dónde podrían surgir las heridas que podrían haber hecho que Hitler actuase de esa manera. De cómo su represión interna hace que diga unas cosas y piense otras, todo esto desde la ficción. No siendo real y de ese modo, haciendo que su título sea *1000 leguas a Auschwitz*.

Era el año 1900 cuando esta historia comienza, en mi casa. Yo tenía 17 años, no era más que un estudiante más de Polonia; además, me había ganado mi plaza en la universidad gracias a mi habilidad para competir, en atletismo, concretamente en 1500 metros lisos. Mi hermano Gideon tenía, en cambio, solo 11 años. Como era habitual en mi familia y sus extrañas tradiciones, siempre recibimos a un miembro de una familia austriaca o alemana, depende de lo que acordasen, al cumplir ambos niños la misma edad, para enseñarles nuestras costumbres y las diferencias para intentar arreglarlas. No sabía mucho de él. Tan solo que era un hombre, le gustaba pintar y que se llamaba Adolf.

La puerta comenzó a sonar. Un hombre fuerte, llamado Alois, acompañado de su esposa, Klara. Entraron. Aún no le había visto, aun así, sentía su mirada clavada desde el coche. ¿Podría ser incluso que ellos pensaran que estaban ahí? Y, cuando se dieron la vuelta y miraron hacia el coche, tanto mis padres como Gideon y yo lo vimos; ahí estaba. Un joven sentado, llevaba una libreta en sus manos y una especie de pluma.

Cuando me giré hacia él, tratando de ver lo que dibujaba, se giró hacia mí. Su mirada aterradora me perturbó, pero más duras fueron las palabras: «Aún no está terminado, si quieres verlo, espera o acabarás muerto».

No sé si fue por mi expresión, pero me volvió a mirar y a decir que era broma. Aun así, me quedé paralizado y no pude evitar gritar al notar una mano en mi espalda. Cuando me di la vuelta, la situación no mejoró; era Alois, el padre del muchacho. Y para cuando me giré y vi a ese hombre, era el típico alemán y la verdad no era algo agradable.

Fue un año lo que tuvo que pasar para poder hablar con él sin tener problema.

Pero ya al pasar 3 años, eso se acabó; le dejé de hablar. No, no podía permitirlo; aun así, su nombre me sigue intimidando:

el joven Adolf, si así se llamaba. Y, para empezar, la conversación no fue fácil. Yo estaba preparándome para entrenar; como la pista no siempre estaba disponible, decidí entrenar alrededor de la finca. Decidí llamar a Eva, así puede verme entrenar también fuera de la pista, por mi pareja lo que sea, pienso. Al principio, todo iba bien. Incluso conseguí bajar 5 décimas mi marca, manteniendo estable el pulso. Decidí alejarme un poco para que luego ella viera lo que había mejorado.

Estaba sintiéndome feliz y, entonces, pasó Adolf, estaba sentado bajo un árbol.

Dibujando. ¿Qué sería? Se pasaba el día dibujando. No sabía qué era y decidí que, tras entrenar y hablarlo con Eva, iría a verlo, pero no pude. Algo me decía: «ve. Ve ahora». Desvié mi entrenamiento y me acerqué. La escena que contemplé alarmó a todos mis estándares religiosos. Yo pensaba, quizá por inocencia, que estaría dibujando el paisaje, las hermosas acequias que adornaban la parcela.

Quizá los pinos. En su lugar, justo al fondo asomaba una hamaca. Sí, era la que padre usaba para relajarse al aire libre cuando estaba muy estresado. Debo admitir que me resultó extraño, pero decidí seguir observando. Y entonces vi algo que jamás imaginaría. Mi hermano Gideon estaba ahí, tumbado. Realmente no fue que estuviera ahí; no, mi molestia fue por otro motivo. Lo que realmente me molestó fue que no llevaba nada de ropa. Y, por si eso fuera poco, parecía ser la musa de Adolf. No podía creerlo. Mi hermano, mi hermano no era así. Dios jamás lo permitiría.

Decidí continuar entrenando para tratar de olvidar lo que había visto. Cada zancada no hacía sino recordármelo. Cada zancada también me llevaba a ver más cerca la escena. No podía concentrarme. Y, si coordino los brazos, algo en mí me hacía ver como si le estuviera golpeando, a Adolf. Claro. Y, como cada golpe, me impulsaba a dar otra zancada en su huida. Mientras la grada animaba y aplaudía. Eso me hacía sentir bien y, a la vez, mal. No sabía cómo explicarlo. Y entonces lo pensé. Esa noche, esa noche iba a descubrir la verdad. Era la noche de la celebración del cumpleaños de Adolf, su quinceavo cumpleaños. Yo ya estaba terminando en la universidad. Era 30 de abril. Decidí que esa noche iba a descubrir la verdad. Les propuse ir a tomar algo para celebrarlo. Debo admitirlo, allí no hubo problema, al menos no del que nos incumbe. Solo la extraña sospecha… porque si a mí me hablaban las mujeres por mi forma de competir. A ellos, al hablarles, algunas las rehusaban.

No tardamos en llegar a casa. Mi preocupación, en lugar de ceder, aumentó. Decidí irme a dormir; aun así, al poco tiempo me desperté. Estaba sediento. Decidí ir a por un vaso de agua. Me dirigía a la cocina, tan solo quería beber agua. Unos gritos me alarmaron.

Parecían venir de la habitación de Gideon. Preocupado por si mi hermano estaba enfermo o quizá las cervezas le afectaron, decidí entrar. Y ahí vi la verdad. Adolf estaba tumbado sobre sus piernas, como si fuera un perrito, y mi hermano encima de él, ambos fusionados. Mi cara de susto hizo que me desmayara. No podía entenderlo. Mi hermano había fallado a su religión. Aun así, me suplicó que no dijera nada. Era su deseo. Su amor.

Yo le golpeé, no sabía lo que quería y estaba confundido. Hice las maletas y me fui. No iba a contar nada, pero tampoco podía quedarme impasible.

Tuvieron que pasar tres años para volver a verlo. Yo era un gran atleta. Nadie me superaba. Ese día debía competir en Alemania. Y cuando vi a mi hermano entrar en la escuela de arte, me sentí orgulloso. Iba a darle un abrazo, pero detrás iba él, Adolf Hitler. No podía permitirlo. Cuando salieron, entré en la escuela. Entregué 2000 marcos imperiales con el objetivo de que Adolf no ingresara y otros 2000 para que pareciese que la última plaza la tenía mi hermano. Y así pensaran que él le robó su sueño.

A día de hoy me arrepiento. Soy un gran atleta, sí, pero no sé hacia dónde. Solo sé que ese día su odio creció. Y comenzó a acorralarnos. Ahora solo corro por un pequeño campo de flores, pero no sé por qué se ven las vallas. Trato de escapar y los policías, o quizá militares, me lo impiden. Pregunto por mi hermano. Quiero saber qué le ha pasado. Quiero verlo por última vez.

Al día siguiente, lo volví a ver. Hitler, así se hace nombrar ahora. Aparece con mi hermano. Está atado con cadenas. Le supliqué que le soltase. Que haría lo que él quisiera. Él se me acercó y me susurró al oído:

—Ya es tarde, él es ahora mío, en todos los aspectos. Y ¿te acuerdas de Eva?

Mi cara fue de terror, pensando que ella, a ella, la había matado. Y le dije:

—No, a mi amor no, ¿qué le hiciste?».

Él se ríe y comenzó a decir que era su tapadera. La puerta del coche se abrió. Es Eva. Mi Eva Braun. Y con lágrimas en los ojos vimos la verdad. Tal fue mi furia que le agarré de su zona baja y tiré, llevándome así su testículo izquierdo. En lo que se lo llevaron y le curaron, comencé a reír. Al mismo tiempo, comenzaron a golpearme, pero no me importó. Porque puedo verme competir desde que empecé. Ser el mejor atleta del instituto. El más rápido de mi promoción. El más rápido de mi país. Y eso era algo que no tenía precio.

Volví en mí. Comencé a ver de nuevo el campo. Las flores disminuyen a casi nulas. Dos hombres tiran de mí. Supongo que me llevarán a mi cabaña. En su lugar, comencé a ver un edificio metálico. Me tiraron adentro. Al pasar, vi a un montón de gente. La gran parte son amigos que, como yo, no sabían qué pasaba y tampoco tenían pelo. La oscuridad dio un golpe de luz al abrir el trasluz, pero, poco a poco, se va difuminando y me vi corriendo poco a poco hacia las estrellas, donde me reencontré con mi abuelo. Lo abracé de nuevo. Comencé a llorar.

Sigilosamente, mi abuelo se acercó a mí. Pensé que me llevaría a ver a la abuela. En lugar de eso, se acercó a mi oído y me susurró:

—Cada acción tiene sus consecuencias.

Si bien hemos investigado acerca de este hecho, sabemos que las personas que se hacían llamar nazis tenían odio hacia judíos, polacos y gays, entre otros. En ningún caso esta historia fue escrita para herir sensibilidades o hacer ver algo que no pasó. La única intención es ficcionar sobre un hecho real con heridas no sanadas, haciendo ver qué pasaría si el que impulsó este movimiento lo hubiera hecho con la única premisa de reprimir sus deseos más íntimos. Quizá ahí cambiaría su perspectiva, haciendo ver otra vía. Y es por tanto este tema tan interesante de ver. Como muchas veces nuestra psicología hace que, para tapar una herida interna, recurramos al odio, aun siendo adversos nuestros sentimientos.

En la siguiente historia vamos a hablar de escritores. Para este hecho, me basé en el parecido físico de dos escritores: Fernando de Rojas y Lope de Vega. El hecho es para tratar de ahondar en uno de los temas de los que más se habla en la ciencia ficción, usando dos personajes reales. Siendo este hecho los viajes en el tiempo. Es por ello que lo titulé *Nadando entre llamas*.

Aún recuerdo ese año, 1473, donde en un pequeño pueblo de Toledo debía guiar a Fernando. Él aún no sabía lo que era. Desde su nacimiento estaba destinado a escribir para salvar a la literatura de esa oscuridad, pero había obras que no debía firmar porque, si no, su misión acabaría. Cuando él tan solo era un niño, desde las alturas vigilaba que nada malo pasase en la familia Rojas. Vigilaba a los padres y, por supuesto, a Fernando. Llegó un año duro, 1488, donde Fernando debía trasladarse; se fue a Salamanca, una de las mejores ciudades para estudiar y universidad, también, claro.

Poco después regresó a su tierra, Toledo; allí conoció a su esposa, Leonor Álvarez, tuvo hijos e incluso fue alcalde, pero estaba muy relajado. Algo que inevitablemente me hirió. Me hirió el hecho de saber que debía decírselo. Al igual que me dolió no habérselo contado antes. Quizá fuera porque el momento aún no había llegado.

Debía saber la verdad. No podía permitir que esos sentimientos me acosaran. Poco a poco me acerqué serenamente a él, por lo que al principio se asustó e incluso me rehusó. Guie por las calles más estrechas, incluso callejones. Luego me preguntó si era por su obra, que estudiando bachiller en Salamanca aprendes mucho.

Entonces me reí y le dije el nombre de sus padres, esposa e hijos. Asombrado, me preguntó quién era, que si en algún momento llegué a coincidir con él. Había llegado el momento, no podía esperar más. Le conté la verdad, que estaba destinado a escribir y que unos años en un futuro un aún desconocido Lope de Vega acababa de ser noqueado por pasear por donde no debía. Un hombre que debió hacer huella en la escritura. Le dije que me siguiera. Cogí una máquina del tiempo que tenía, era bastante sencilla, pues su forma exterior era un armario. Al ver el futuro, empezó a llorar. Pensé que era de emoción, pero solo me dijo que si debía hacerlo, que su mujer e hijos no sufrieran por su muerte y así, sobre el año 1590, un nuevo escritor renacía ante el mundo. Lo único que me pidió es que su mujer e hijos no sufrieran.

Aquí vemos cómo el amor quizá sea uno de los sentimientos más fuertes y los llevó a tomar esa decisión. También nos lleva a plantearnos qué hubiera pasado si no hubiera renunciado a su familia. Quizá ese hecho haya favorecido la escritura moderna, pero quizá también haya influido en algún proceso histórico.

2. Comienza la inmersión

De nuevo, vamos a hacer una incisión en nuestro niño interior. Ahora que ya hemos hecho un pequeño hincapié en nuestra superficie interior, vamos a ir más en profundidad. A partir de aquí, la mayoría de las heridas pueden causar una gran sensibilidad. Incluso puede traer procesos dolorosos que hayamos olvidado, pero aquí, al ver este punto, podemos con la información anterior sanar estas heridas.

Una buena infancia es la clave para crecer como adultos de forma sana y coherente; todo en exceso es malo, lo bueno y lo malo. ¿Qué pasaría si una infancia no fuera así? En este capítulo vamos a observar cómo las diferentes acciones de la familia pueden influir negativa o positivamente en los niños. Y cómo ello afecta a su forma de actuar, en algunos casos en su yo adulto. Estas heridas pueden influir en el tipo de persona adulta que somos. Y vamos, por tanto, a ir viendo qué puede ocasionar.

Parte I

La dura realidad: ¿el niño lo olvidó o lo superó?

Si bien es cierto que una buena educación es un factor clave en la vida adulta, no siempre es algo viable. Muchas veces los adultos tratan de hacer una implantación de sueños frustrados. En cierto modo, si ellos no pudieron lograr sus sueños al tener un hijo, en lugar de verlo como una oportunidad y dejar que viva sus sueños, y permitir, por tanto, que tenga lo que ellos no lograron, no siempre ocurre eso. En la mayoría de los casos, de hecho, justamente es lo contrario. Se hace al niño una diana de sueños, donde repiten de un nuevo e inequívoco modo la repetición del círculo de pecados familiar. De este modo, los sueños que a ellos no les fueron permitidos son ahora cargados en brazos de sus hijos. Y eso, inequívocamente, es un error.

No obstante, en este primer relato no vamos a hablar de esos sueños no frustrados. En este relato vamos a ir a esa parte que la sociedad trata de silenciar por miedo a represalias y al «qué dirán», donde realmente deberían verse quién puede y quién no ejercer ciertas profesiones. Esta historia ficticia tiene como personaje principal a Eric; es por ese motivo que la historia lleva de título su nombre, *Eric*.

Los ojos de Eric se quedaron clavados, impasibles, contra la parte baja de la pared. No parecía ni tan siquiera que quisiera pronunciar una palabra; eso me extrañó bastante. Cuando recibí la llamada, imaginé algo, pero no pensaba que sería así. Lo peor fue cuando llegué; todos intentaban que hablara, pero parecía que algo se lo impedía, y ya la mayoría se habían rendido. Intenté agarrarle la mano para intentar calmar su dolor y así conseguir que al menos dijera una palabra. Sus ojos de nuevo me esquivaban. Su cabeza volvió a bajar. Él me soltó rápidamente y se hizo bolita como si así el dolor fuese menor, solo gritaba:

—No me hagas nada, papi, ya apago la cámara.

Cuando oyeron eso, los policías que estaban conmigo revisaron el ordenador. Un ordenador que adornaba el escritorio azul de la habitación. Al principio no llamaba la atención. No obstante, todo cambió al levantar la tapa, pues allí vieron algo que jamás imaginaron.

Yo llevé conmigo al niño al hospital. Era mi primer caso de abuso infantil. La verdad fue bastante duro. Nunca imaginé que alguien pudiera hacer eso a un niño. A pesar de verlo en noticias, el mero hecho de vivirlo en primera persona te hace preguntarte muchas cosas. Aunque pude, gracias a la doctora Marcela, derivarlo a terapia, no pude quitarme esas palabras de la cabeza. Esa mujer no lo sabía, pero sé que en el fondo me quería. Y por eso sé que ella podría ayudar a mi hijo. Es por eso que estamos aquí; lo confieso: yo maté a Juan Gabriel Pérez Hernández.

—Supongo que sabe que, aparte de estar condenado, no podrá volver a practicar la medicina —oí decir al juez mientras sonreía por haber salvado a ese niño.

Ahora que él estaba con la doctora Marcela, sabría que no volvería a pasar por aquello.

En este relato, si bien es cierto que no conocemos la historia de Eric ni cómo evoluciona en el futuro, sí podemos hablar del daño que suponen estos hechos. También de esa forma podemos ver cómo los lazos familiares no son, quizá, un buen punto de apoyo. Y de esta forma dar a entender que no siempre la familia resulta el mejor de los sucesos.

A continuación, vamos a ver una historia un poco diferente. En este caso no deseo hablar de un niño, sino de un perrito. Y como el egoísmo humano. Como cuando las necesidades de amor que considerábamos carentes son resueltas. Y pensamos, o quizá sentimos, que lo primero que nos resolvió esa necesidad no es necesario. Lo desechamos. No quiero, de esta forma, despertar la sensibilidad de ningún lector. Tampoco quiero decir que este suceso sea algo en constante aparición. Obviamente, esta historia, al igual que las anteriores, es ficción.

Aunque bien es cierto que todas podrían tener una índole real. En este caso he decidido llamar a esta historia *De Kitty a Gina,* ya que de esta forma veremos un cambio a nivel personal en su vida.

Aún recuerdo ese frío invierno y a mi hermanito Jack. Él llevaba varios días siendo cada vez más distante. Ya no jugaba a lanzar la pelota. Tampoco salíamos a pasear con esa efusividad, esa en la que mi hermano estaba feliz. Todo parecía venir a raíz de aquella chica que conoció en verano y que, a raíz de ello, le cambió.

Por supuesto, también estaba papá. Papá nunca me quiso allí. Eran varios los motivos. Decía que era un perro grande. También que, debido a mi tamaño, ocasionaba muchos gastos en alimentación, médicos o incluso en las bolsas para recoger mis necesidades.

Un día, incluso tuve que esperar demasiado para salir a la calle; ya no podía aguantarme. Hasta tal punto que tuve que hacer pipí y caca en casa. Entonces, papá apareció con una zapatilla. Se quitó el cinturón y lo sujetó con la otra mano. No sabía bien para qué era, hasta que se acercó. Me pegó mientras vociferaba: «Perro malo. En casa, no».

Comencé a sangrar; papá se llevó las manos a la cabeza. Jack lloró. Así que decidieron llevarme al médico, o como ellos lo llamaban, veterinario.

Una vez allí, mientras Jack comenzaba a escribir, imaginé a la chica del verano. Mi padre comenzó a mentir diciendo que me había caído. Eso no me gustó, así que comencé a ladrar tratando de decir la verdad.

El doctor, enfadado, me mandó callar y mi padre alegó que era un mal perro. Entonces ocurrió. La mañana de un frío diciembre, padre me dijo que iba a ir a pasear conmigo. Estaba muy ilusionada. No podía creerlo, a pesar de mi tamaño, ya que dicen que soy un Gran Danés, mi padre me iba a llevar al pinar o algún sitio similar en coche. Como era lógico, al principio estaba extrañada y paralizada.

Pero fue entonces que me dijo:

—Kitty, cariño, sube al coche.

Ya era también anormal que él me hablara con tanto cariño. Entonces subí; cada vez estaba más ilusionada para jugar con él. Comencé a ver un pinar enorme. Papá paró el coche y abrió la puerta. Salí corriendo, deseando jugar con él. Me di la vuelta un segundo, tiempo suficiente para que se diera la vuelta, saliera en dirección al coche y se volviera a subir. Fue la última vez que le vi. Y me dejó allí, sola.

Se me vino a la cabeza un recuerdo. Recordé el día que di a luz a mis crías. No conocía bien al padre, pues me lo presentaron y me montó. No pude hacer nada; era más grande que yo. Y yo apenas tenía un año. Para cuando tuve a mis crías, alguien entró en casa a verlas; tiempo después regresó y se las llevó.

Nunca más las volví a ver.

Poco a poco, el tiempo fue pasando y el hambre comenzaba a hacer mella en mi estómago, pero no solo se notaba en eso, también los amenazantes rugidos de mi estómago clamaban por algo para comer.

Y la carne que adornaba los huesos de mis patas se había desvanecido para dejar paso al hueso.

Fue entonces que comencé a oír unos pasos. Parecía llevar algo de comida en la mano. Olía delicioso. Quizá fuera por el hambre, pero mi estómago gritó con más fuerza. Esta vez, pidiendo lo que había en su mano. Mis pupilas se dilataban mientras una extraña persona se acercaba a mí. Lo acerqué a mi boca. No pude evitar comérmelo. Comencé a saborearlo y me di cuenta de que era una hamburguesa con algunos mordiscos, aunque a pesar de ello era un trozo más grande que los que me daban en mi antigua casa. Y además tenía un sabor delicioso y no contenía nada dentro, como otras veces que papá me ponía cápsulas en ellas para curarme, o eso decía.

Cuando terminé la hamburguesa, me invitó a seguirla. Me dijo que se llamaba Claudia y también que ahora estaría a salvo, pero solo fue cuando llegamos a su casa que me preguntó qué había pasado. Yo intenté explicarle de la única forma que sabía: ladrando. Claudia no me entendía; aun así, solo reía y me abrazaba. Ahora tenía una nueva familia y fue cuando ella se levantó en dirección a la cocina y me trajo un bol lleno de deliciosa carne.

Cuando terminó, me advirtió que solo sería por esta vez, que no me acostumbrara y la esperase en lo que ella iba a por un par de cosas al súper.

Me llamó poderosamente la atención que me diera un beso antes de salir. Y dijo:

—Hasta luego, Ginna.

Ya no era Kitty, un nombre no solo maldito para mí, sino también en su traducción literal, ya que en japonés significa demonio.

No podía parar de dar vueltas y vueltas por casa en lo que ansiaba que llegara. Mil pensamientos atormentaban mi mente. Como el pensamiento de si me habría abandonado ella también o si tuvo un accidente. También dudaba de si mi pensamiento era el adecuado. Otros pensamientos no eran tan positivos como los últimos paseos con mi hermanito Jack, el viaje en coche con mi padre o mi madre, que apenas me ponía comida en caso de acordarse. Si no le pedía a Jack que me diera de comer, ella alegaba que era su responsabilidad. Ahí me di cuenta de que era su particular manera de amenazarme, ya que, en caso contrario, decían que si no lo hacían, debían abandonarme o moriría.

Las lágrimas comenzaban a salir de mis ojos, lo que impidió que oyese la puerta y a Claudia, atravesándola. Ella tiró las bolsas y salió corriendo hacia mí. Pensé que me iba a pegar y me agaché con miedo, pero ella secó mis lágrimas y me preguntó qué pasaba.

Me miró y dijo que debió ser muy duro lo que pasé. Me dijo que era Navidad y que lo tenía todo preparado para la cena y que todos me vieran. Me colocó un collar que ponía Ginna y así todos me reconocieran. Era increíble, mamá Fernanda nunca me dejaba participar, por lo que la cena me ponía nerviosa y con miedo de que alguien de mi pasado apareciese.

En esta historia hemos visto varios factores que son claves desde el punto de vista tratado. Lo que quiero resaltar es algo que se da tanto en personas como en animales: la culpa. Inevitablemente, cuando alguien, sea humano o no, actúa con sumisión, esa persona está tranquila porque es consciente de que puede conseguir lo que quiera de esa persona. El problema radica cuando ese ser detiene el acoso. En ese momento, se revela. Y quien ejercía la violencia o el abuso pasa a ser el agresor. La evolución es vista cuando un ser que lo trata como se merece hace ver su mejor cara. Y ese ser que se pensaba, en un principio, que es malo, pasa a ser una persona brillante. Este hecho también se puede ver en las relaciones de pareja.

A continuación, he decidido hacer una pequeña historia con sucesión de relatos en los cuales serán vistos y detallados los denominados pecados capitales. No deseo, no obstante, que esto se vincule a la religión católica. Por ello, he usado otros personajes, siendo algunos ficticios y otros apareciendo en diferentes religiones. No siendo todo ello concordante con dichas religiones.

Si bien ya hemos hablado de las relaciones de pareja sutilmente, en esta ocasión deseo hacer un hincapié más grande. Quiero hablar de cómo muchas personas que parecen ser la ideal, finalmente son ese caramelo endulzado que al final tiene un toque picante. Podríamos decir también que son como la manzana de Blancanieves. Al principio sabe dulce, para luego al final contener esa porción de veneno. Este relato se llama *Laura*.

Aún no recuerdo cómo pasó exactamente. Tan solo sé que algo hizo para que estallara en mí y que yo debía hacer algo, que no podía dejar las cosas de este modo.

Esta historia es de una de las mejores personas que yo he conocido. Su nombre es Carmen. Ella es una mujer joven de unos 29 años como mucho, aunque en su piel color miel no apreciarás más de 20. Su pelo rojizo te eriza la piel para hacerte sentir el calor del infierno. Esa nariz es fina y no muy larga. Y esos azulados ojos, como el mar en el que te bañas, te hacen desear bañarte y deslizarte como en una tabla para acabar en esos labios finos y rosados. Es cierto, hace años estuve enamorado de ella. Antes de conocer a mi verdadero amor, claro.

Continuando con la historia, la pasión de Carmen era la pintura. Y se notaba en sus cuadros. Pues, fuese o no un cuadro, un lienzo o un tapiz, daba igual. Ella lo cogía y lo transformaba de tal manera que los colores brillaban, tomaban forma y vida.

Entonces pasó. En una de sus clases llegó un nuevo alumno. Julio. Así se llamaba. Aunque al principio parecía muy interesado en las pinturas, la forma y cómo cobran vida, la clase y las técnicas para crearlo. Sus quedadas se fueron volviendo más habituales y más a fondo. Y así, el poco tiempo que ella tenía libre y que dedicaba a quedar conmigo se llenó con él. Si íbamos a cualquier lado, siempre venía Julio. Hasta que un día se acabó. Tanto Julio como Carmen dejaron de quedar conmigo, pero fue de lo que me enteré tiempo después lo que realmente me alarmó. Me enteré gracias a una amiga que tenemos en común y que acudía a las clases de Carmen. Que hacía tiempo que dejé de dar estas clases. Sus palabras me helaron aún más la sangre:

—*Julio al principio no era un tipo malo, todo lo contrario: era amable, cariñoso y simpático, pero cuanto más tiempo pasaba, más cambiaba su actitud.*

Decidí continuar mi investigación más a fondo, lo que me llevó a Villabrágima, un pequeño pueblo de Valladolid. Recorrí esas calles y callejuelas estrechas, no sin ese peculiar olor a oveja que cobijaba todo el pueblo y que se te introducía en lo más profundo de la nariz. Todo ello me llevó a mi destino final: una pequeña casa, en la cual, según decían, era la casa de Laura. Decían que había sido esposa de Laura.

Me sorprendió que, al llegar allí, una mujer de unos 60 años me abriese la puerta. No pensé que fuese tan mayor. Algo malo había pasado. Para no precipitarme, pregunté a Laura, lo que hizo a esa mujer derrumbarse y comenzar a llorar.

Cada pregunta que hacía acerca de ella solo la hacía llorar más. Entonces fui directo al grano. Le pregunté acerca del motivo de mi visita. No me hizo falta terminar la frase. Le expliqué y comenté que había ido allí por el ex de Laura. Ella terminó la frase con gran ira: «¡Julio!». Sin mediar palabras, me invitó a pasar. Comenzó a disculparse por llorar; me apresuré a secarle las lágrimas y a decirle que no pasaba nada. Entonces comenzó a hablar entre lágrimas otra vez:

—Las pruebas desaparecieron, pero estoy segura de que fue él.

—Mi niña, mi niña —no paraba de repetir mientras se movía en su silla.

—Te lo diré, verás, fue un 4 de marzo de hace ya 4 años, desde entonces ese número me atormenta. Salí de mi casa y vine a visitar a mi hija, a la que hacía 4 meses y 4 semanas que no veía. Llamé al timbre, pero nadie contestó, así que decidí forzar

la cerradura hasta abrirla. La llamé por toda la casa, pero nadie contestó. Llegué al baño. Mil gotas caían de la rojiza bañera. Ella estaba ensangrentada. Se lo dije a la policía pensando que había sido el malnacido de Julio, pero él tenía coartada. Así que le creyeron y me dijeron que fue suicidio, ya que él estaba trabajando.

—Pero usted sabe que no fue así, ¿verdad?

Ella asintió y le pregunté si podía hacer algo, para luego afirmar que haría lo que fuera. Su negativa me aclaró que estaba difícil, para luego responder que ya lo había intentado todo y que salvase a mi amiga.

Esa tarde, mi preocupación, al igual que el ritmo de mi corazón, fue aumentando. Intenté ayudarla, pero me di cuenta de que ya era tarde. Por quincuagésima vez la llamé. Para responder, una vez más, una semana más, que no podía, con su frase habitual de «Julio y yo tenemos cosas que hacer». Se estaba desvaneciendo lo que quedaba de mi amiga; esa no era la Carmen que yo conocía. No quería que acabase como Laura. No podía permitirlo. Fui corriendo a lo que fue la biblioteca de mi padre. Rebusqué y busqué hasta encontrarlo: el libro con el que mi padre invocaba demonios, pero todo fue en vano. Recordé las piezas que había recogido y almacenado en el laboratorio. Entre ellas, una caja que aún no lograba abrir y en cuya tapa se podía leer Pandora. Así que decidí llamarla así. Creé al ser más hermoso. Sabía que Julio caería rendido ante sus cabellos rubios como el oro y sus ojos verdes como la amatista. Le pregunté qué guardaba en la caja. Ella me confesó que allí estaban los corazones de hombres crueles que merecían la muerte. Le hablé de Julio y le pedí la confesión de Laura. Ella me dijo que no debía preocuparme, ya que sabía que en uno de los rituales para llamar a los demonios usé el cerebro de Laura, creando así a Pandora.

Pandora, poco a poco, fue haciendo más habituales las peleas con Julio, haciendo que los vecinos llamasen en vano a la policía, ya que como mucho habría 2 o 3 platos rotos. Hasta un día en que una señora que pasaba por la calle fue golpeada con una maceta en la cabeza, seguida de un «capullo, deja de beber».

Los recuerdos comenzaban a aflorar, lo que hacía que el día final se acercase más y más cada vez, ya que aumentaba su dolor y sus ganas de matarlo cobraban más fuerza. Pero no fue hasta el día que se encontraron con mi amiga Carmen. Ella preguntó tímidamente quién era la mujer que acompañaba a Julio. Quien no respondió. Pandora respondió con su nombre y le guiñó un ojo. Mi amiga siguió avanzando rápidamente hasta desvanecerse corriendo.

Un día que Julio fue a trabajar, decidió visitarla y explicarle la situación. Esa noche, Julio se despertó. Al abrir los ojos, se encontró a Pandora con un cuchillo. Asustado, intentó correr, pero se quedó bloqueado, cogió la lámpara y la dejó inmóvil en el suelo para después quitarle el cuchillo. Sin saber muy bien por qué, la atravesó con este. Alguien lloraba por detrás, pero cuando se dio la vuelta, alguien le golpeó. No podía creerlo. Era Carmen con otra lámpara. Pandora se levantó y le dijo a Carmen que se tapase los oídos y se fuera. Así lo hizo. Pandora cogió el cuchillo que llevaba clavado en el pecho y, cambiando la voz, le dijo:

—¿Cariño, de verdad pensaste que podrías volver a matarme?

Lo fue a atravesar, Julio lo paró con la mano. Sin oír el clic, dijo:

—No puede ser, yo te maté, lo sé porque no te suicidaste.

Se oyó un clic. Era el final de la grabación. La volvió a poner para que lo oyera. Le clavó el cuchillo y sacó su corazón para guardarlo en la caja.

Mientras Carmen salía del ascensor llorando, para al día siguiente regresar con la policía y no encontrar ni cuerpo ni sangre. Un policía le dio la mano y la acompañó a la salida. Enseguida la reconoció: era Pandora.

La abrazó fuerte mientras salían.

Continuaremos hablando de esta historia, no sin antes hacer hincapié en otro de los aspectos importantes en una relación de pareja: los celos. Cómo saber si están o no fundamentados y hasta qué nivel son lógicos. Los impulsos. Cómo te hacen actuar. Y al continuar la historia anterior, decidí, no obstante, llamarla *Freya*.

Cómo olvidar a ese hombre: Damián.

Su cabello color ocre, al igual que sus ojos. Esos ojos que a través de unos cristales o gafas ven el mundo.

Damián era un joven apasionado por el fútbol. Le encantaba. Se sabía no solo todas las jugadas o equipos, sino las mejores y peores de las temporadas. Los equipos que se habían clasificado… Pero a pesar de parecer tener una vida perfecta por tener coche, estos conocimientos, trabajo, tenía un gran defecto: su vanidad. Esa vanidad le hacía ver como cualquier personaje de dibujos animados que caía seducido ante la mirada de la mujer, quien más tarde le rechazaría por su gran error, su gran fallo: la vanidad. Se creía superior. Creía que podía hacer lo que le viniese en gana y hablar a la gente como si le debiese favores. No era de extrañar que, si quedabas con él, se presentase más de una hora tarde, con la excusa típica de que tenía cosas más importantes que hacer, y esa era, como no, el fútbol. Fue entonces cuando decidí presentarle a Freya, una gran amiga, dulce y muy sexy. Sabía que le enseñaría a ver quién era y cómo era realmente.

Un día, como ya era habitual en él, decidió ir a hablar con una de las mujeres que conoció en Tinder. Aunque era habitual que no se presentase (eso sí, tenía la suerte de que contestaran), esta vez no fue una excepción. No se presentó.

Decepcionado tras, para él, unos largos veinte minutos, decidió volver al campo a jugar una pachanga, pero había un problema: ya se habían ido todos. Ya no quedaba nadie. O eso parecía. Mi amiga apareció. Era el momento perfecto.

Una joven se acercó. Tenía el cabello dorado, tan brillante como el sol, unos ojos tan azules como el mar y una nariz respingona, pero suave. Damián quedó de piedra. Pensó que sería la joven con la que había quedado que llegaba tarde.

Fue a mirar el móvil, pero no se parecía a la de la foto. Su equipación deportiva y su cara dubitativa le hacían pensar que había venido a jugar, pero no veía a nadie más.

Poco a poco, Freya se acercó a Damián. Le preguntó si había visto por aquí a alguna chica más. Damián, sin poder hablar, negó con la cabeza, obviando el dato de que le acababan de dejar plantado. Se apresuró a decir que él estaba buscando a sus amigos para jugar, pero no los encontró. Freya entonces dijo que si no le importaba que jugase con ella a pesar de no ser muy buena, cosa que no era del todo cierta. Freya quedó subcampeona femenina con su equipo Power Nordic Girls en el campeonato de dioses.

Damián agarró su balón con miedo. No era solo la primera vez que jugaba con una mujer tan bella en el fútbol, sino también que estaba a solas con ella. Intentó explicarle las normas, dándose sus aires de tipo perfecto, pero Freya alegó que no estaba ahí para parlotear, que ya lo sabía, que empezasen a jugar. Aunque al principio estaba muy igualado, Freya no tardó en tomar la ventaja. Damián empezó con sus frases como: «Amazing» o «You are cute», refiriéndose a lo buena que era o tratando de despistar, a lo que Freya respondió con una dulce risa.

Tras la pachanga, decidieron ir a tomar algo. Fue entonces cuando se presentaron. Damián vio entonces a alguien; parecía verse decepción en su cara. Era la chica con la que había quedado y que no se presentó. Estaba acompañada por otro chico. Freya, aunque sabía lo que pasaba, decidió preguntar. Damián se lo contó, a su manera, claro:

—Esa chica insistió en quedar conmigo hoy para tomar algo; tras esperar una hora, decidí irme a casa. Entonces apareciste tú y me alegraste pudiendo jugar.

Freya sabía que eso no era cierto; aun así, decidió continuar hablando con Damián. Cuando la chica se acercó, dijo:

—Mira quién es, ha venido con su hermana, para luego besarse con su acompañante.

Freya respondió que no era así, que a diferencia de ella no era una fresca que quedaba con uno y luego con otro, a ver quién estaba mejor.

—Mi nombre es María —respondió ella, alegando también que no era una fresca.

Intentó coger el cuchillo con el que estaban comiendo Freya y Damián, a lo que este lo paró con su mano, siendo atravesado. Se lo sacó y lo tiró al suelo. Freya rio; esta vez era una risa de asombro y gratitud. María, una vez más, trató de hacer daño a Freya, quien se defendió y la tiró al suelo. El hombre que la acompañaba intentó ligar con ella, pero Freya lo empujó. Este tropezó con un helado que había caído en el suelo y, sin quererlo, tiró a María por las escaleras mecánicas. Al intentar ayudarla, ambos cayeron.

Damián estaba asustado por primera vez. Freya trató de calmarlo. Primero lo abrazó y acarició. Él seguía moviéndose repetidamente y diciendo que todo era su culpa. Freya lo agarró suavemente y lo besó en la mejilla. Parecía que sus piernas dejaban de temblar y dejó de moverse tan rápido. Entonces lo dijo:

—Todo esto es por mi avaricia y vanidad. Voy a ser mejor persona.

Freya sonrió. Sabía que esta vez sus palabras eran sinceras y lo iba a cumplir. Estaba contenta de haberlo conseguido.

A pesar de haber cumplido con su cometido, Freya decidió quedarse a su lado, asegurándose de que cumplía su palabra.

Entonces se oyó el sonido de unas sirenas; no estaban muy seguros de qué era exactamente. Miraron para darse cuenta de que había llegado la ambulancia. Intentaron sacar ilesos a María y su acompañante. No obstante, a pesar de sus esfuerzos, no fue tarea fácil sacarles, por lo que tendrían que coserles la mano o pierna nuevamente, tras haber quedado enganchados en la escalera. Para sacarles, tuvieron que ir amputando estas partes que, con suerte, cayeron a un fondo. Estas escaleras quedaron inutilizadas debido a la cantidad de sangre.

Damián agradeció a Freya estar ahí, pues sin ella, según alegó, nada habría pasado. Pues, aunque fue algo horrible, el accidente le ayudó a darse cuenta del tipo de persona que era y que debía cambiar.

Ahora vamos a seguir hablando del amor y sus diversas opciones, pero antes quiero plantearos una cuestión: algo que quizá, si no lo has vivido, es difícil de comprender.

¿Se puede amar de forma correcta si no sentiste amor? Quizá sea algo complicado, pero tal y como hemos ido hablando, no todas las familias se repartieron amor. Hay ciudades en que esto se da más que en otras. Me recuerda a una chica que conocí. Ella se crio en una familia cómoda, esa familia que muchos llaman rica. Por ese simple hecho, todos podrían pensar que su vida era fácil, pero al atravesar los muros descubrirás que la verdad era otra.

Recuerdo que una de las veces fui a visitar a una vecina de ella. Realmente, la vecina era mi amiga. De repente, un grito de una niña me heló la sangre. Alerté a mi amiga. Le dije que iba a llamar a la policía, que me dejara el fijo. Sujetó mi mano y me dijo:
—Siéntate.
Me explicó que el padre de esa niña pagaba a la policía y a los servicios sociales, que era inútil. Le dije que debíamos intentar hacer algo. Ella negó con la cabeza y me dijo que de vez en cuando la invitaba a comer y que, si quería, un día podía venir y conocerla. A cambio, me hizo prometer que no le diría nada.

Al día siguiente, aún con dudas, decidí ir. Una niña de tan solo ocho añitos golpeó la puerta. Su cara era de terror, tenía una altura normal, pero su excesiva delgadez me hizo estremecer. Pregunté por mi nombre y le respondí, pero ese terror no podré olvidarlo. Vi marcas en su piel. Mi amiga, al ver que me fijé, me preguntó:.

—*Pequeña, ¿qué te pasa en tus dulces brazos?*

Con miedo, rápidamente se los tapó. Ella negó. Mi amiga Carmen dijo:

—*No temas, dime.*

Ella sollozó y dijo las palabras que helarían a la parte más sensible de mi alma:.

—*El papá se acercó y me dijo que si sabía qué hacían Barbie y Ken cuando estaban solos. Me preguntó también si sabía por qué Barbie estaba con Ken. Simplemente negué con la cabeza —comenzó diciendo la tímida niña entre lágrimas—. Luego, comenzó a quitarme la ropa aprovechando que mamá y mis hermanas se fueron.*

Corrí rápidamente al baño y me negué a seguir escuchando, habiéndome puesto en concordancia con mi estómago que estaba vomitando el desayuno. ¿Y quién no sabía si sería capaz de comer? A medida que pasaba el tiempo, mi alma con esa niña se rompía en dos.

Otra de las veces recuerdo haber visto a esa niña de nuevo. Apareció con mi amiga Carmen. Le dijo que encontró la forma de evitar el dolor de su mano. A esa edad comenzó a golpearla. Entró a la ESO, pero no tuvo más de un 7 de media en primaria. Le dijo que tomar alcohol la ayudaba, pero no le era fácil comprarlo por ser pequeña y le daba miedo cogerlo a papá. Y ella era mi amiga y le daba las botellas. Debo admitir que esta conducta para mí no era tolerable, pero cuando esa niña iba a casa no lloraba ni gritaba. Los golpes se oían fuertes, pero ella ya no sufría.

Poco después, fui hablando con mi amiga y finalmente era yo quien la cogía, el alcohol quedaba con ella y se lo daba. Conocí a sus amigos. Eran como ella.

Bueno, no exactamente. Iba con una pareja de huérfanos: él tenía su edad, doce, y su hermano, diecisiete. Fingían vivir con sus tíos, pero no era cierto. Decidí preguntarles si necesitaban ayuda. Nunca me dijeron cómo, pero encontraron trabajo y estudiaban. Con eso lograron mantenerse. Otra de sus amigas era vecina de Carmen, pero ella era su madre, quien el alcohol consumió.

El tiempo fue pasando y esos adolescentes a los que ayudé crecieron. Lorena, la vecina de Carmen, tenía ya 16, igual que sus amigos Marta y Marcos. Su hermano Jacinto era mayor, ya tenía 21. Pensaba que todo les iba a ir bien. Por un momento, incluso pensé en tener su custodia, pero lo que decía Carmen era cierto: era imposible y solo les ocasionaba golpes. Lorena un día llegó llorando. Recuerdo preguntarle qué pasó. Su abuelo Emilio falleció. Recuerdo que incluso fui con ella y sus amigos a verlo. Recuerdo su cara cuando salía y nos contaba lo que le gustaban esos pasteles. Pasteles de arándanos, sus favoritos. Y ahora se había ido.

Mientras trataba de consolarla, Marcos se acercó y me contó lo que sentía por ella y que su hermano le apoyaba, que mantenían relaciones. Eso sí, con protección, pero que no encontraba el momento para decírselo. Ella siempre le decía lo mismo:

—No quiero que mi vida te plasme de dolor.

Y él siempre la contestaba con una sonrisa:

—Ya está así.

Al pico en marzo, ambos vinieron y me contaron que ella, Lorena, estaba embarazada. Corrí a comprarles unos billetes de avión. Mi paciencia había sido agotada. Compré cinco billetes a Suiza. Nos íbamos. No importaba cómo, allí cambiaríamos de identidad, de vida.

Entonces Jacinto llegó alterado. Marta había desaparecido. Mi cara de asombro me delataba mientras miraba a Marcos diciéndole y quizá rogándole que no hiciera nada. Entonces fue tarde. Salió corriendo. No les volví a ver. Lorena estuvo un año desaparecida. Cuando Jacinto la contactó, le pidió tiempo.

Han pasado más de diez años y aún no sé nada de ella. Tampoco fue Jacinto quien se alejó al enterarnos. Fuimos a una casa donde parecía que Marta desapareció. Y así fue. Su cadáver putrefacto adornaba lo que parecía ser un sillón. En sus manos, ahora sin piel. No había joyas, tan solo un par de cadenas. Tampoco tenía colgante. Un cuchillo atravesaba su caja torácica. Más adelante, tumbado en una cama, un cadáver masculino. Con las mismas cadenas. En su mano, unas fotos. No había duda, era Lorena y Jacinto. A él no le adornaba un cuchillo en la caja torácica. Su pierna estaba a la mitad. Un cuchillo atravesaba su mano. También sujetaba una ecografía. Supongo que sería la de su hijo. Y finalmente, una bala o al menos un agujero en su estómago. También una cinta de vídeo. Allí, un hombre explicaba cómo drogaba a Lorena y cómo vendería a su hija. Jacinto no lo soportó. Salió corriendo. Han pasado dos años desde aquello y no consigo localizarlo. Temo por si le ha pasado algo.

Pero este no es el tema. La verdadera pregunta reside en si, tras lo que pasó, la joven Lorena será capaz de encontrar de nuevo el amor y de ser capaz de abrir su corazón. Y de eso va nuestra siguiente historia, que lleva el nombre de su protagonista: *Jaime.*

Todo el mundo, alguna vez en algún momento de su vida, ha soñado con su propio cuento de hadas, tener ese amor que ilumine su corazón de luz.

Incluso yo también tuve ese sueño, pero ¿cuál es el precio? ¿Hasta qué punto llegaría alguien por amor?

Esta es la historia de un Jaime, un hombre cruel y despiadado, un hombre con más de tres mil caras. La duda reside en si alguna vez fue realmente quién estaba destinado a ser.

Un día, Jaime cumplió la edad de diecisiete años. Decidió ir a un bar que estaba en el centro de Valladolid, cerca de la plaza del Rosarillo. Jaime decidió pedir su bebida favorita: un ron cola. Esta vez no le hizo falta su carnet falso para que la gente pensase que tenía 18. No se lo pidieron, sorprendentemente. Entonces apareció una joven camarera. Parecía de su misma edad.

—Hola —dijo ella—, aquí está su ron cola. —Su voz dulce lo cautivó—: Mi nombre es Carla —dijo ella, presentándose.

Una voz desde el fondo sonaba a modo de rugido. Carla aludió que se trataba de su padre y debía volver de inmediato, no sin antes darle su teléfono.

Tiempo después comenzaron a salir, pero no fue hasta años después, en la boda, que Jaime mostraría su verdadero ser. Por primera vez gritó a Carla, quien asustada no sabía qué hacer. Y así pasaron los días hasta que llegó el día. Carla estaba embarazada. Los gritos menguaron. Su actitud cobró otra vez el mismo significado que antes, sin saber un terrible secreto. Semanas antes de conocer la noticia, el hermano de Jaime visitó a Carla con el pretexto de ayudarla. Más tarde fue violada.

Carla estaba contenta y confundida, pues no sabía si era del hombre al que amaba o de su hermano. Por temor a cómo actuase, decidió callar.

El día del nacimiento tuvo muchos dolores y llevó bastante tiempo, pero ahí estaba. Jaime al principio la quería. Decidieron llamarla Lisa. Era una niña preciosa, pero en cuanto empezaron a aparecer manchas en su piel, las palizas se volvían constantes hacia ella. Simulando fiebre, la llevaron al hospital.

La noche en que cumplió cuatro años, Jaime le dijo a su esposa que quería hijos normales. Con ese ser no lo conseguiría. Ni tan siquiera extendería su apellido. Nueve meses después, pensando que sería un niño y así podría por fin calmarle, Carla dio a luz. Esta vez eran dos niñas.

Al despertar, la médica comenzó a darle de nuevo su medicación, pero había alguna pastilla de más. Esta le dijo que era recomendación del médico. Y así fueron menguando sus ánimos, su fuerza y lucha.

Prácticamente, con el paso de los años, se convirtió en esclava de Jaime. Sin embargo, no sabía si era pronto o no para actuar. Entonces ocurrió: Lisa cumplió 10 años. Al día siguiente, en el colegio, ella estaba feliz; incluso parecían que no le afectaban ya los comentarios de sus compañeros. Ese día, en el patio, intentó defender a sus hermanas. Todo fue en vano: la golpearon, pero ellas estaban bien. Por lo menos, se sentía bien por lo que pasó, por poder defenderlas, pero no opinaron lo mismo en el colegio.

Así que se quedó a solas con su padre mientras sus hermanas y su madre se iban a dar un paseo. Su padre aprovechó y abusó de ella. Lisa no entendía qué pasaba, no era el típico juego. Era algo distinto y terrorífico. Decidió, entonces, hacer lo que se supone hacían los mayores cuando se sentían mal: recurrió al alcohol.

Entonces decidí actuar. Lisa ya tenía 15 años; sus venas eran más cortas, sus labios teñidos por el humo del tabaco y su hígado ensangrentado por el alcohol. Envié a Kartikeiia. Solo él podría hacer algo.

Ya llevaba cinco intentos de suicidio; Kartikeiia parecía no poder hacer nada. Cada vez que peleaba contra Jaime, perdía.

Lisa se volvió valiente y decidió huir. Esa era la fuerza que Kartikeiia necesitaba. Su luz se llenó. Entonces, una vez más, volvió a ese hogar. Jaime le preguntó qué hacía allí. Esta vez era diferente: iba disfrazado de Lisa. El primer golpe fue bien; Jaime no lo esperaba, pero entonces recibió un derechazo. Luego, le partió un cuadro en la cabeza y le golpeó repetidamente contra el suelo. La sangre comenzó a brotar. Creyendo que la había matado, bajó la cremallera de su pantalón. Kartikeiia la subió, cortándole en dos esa zona. Lo lanzó contra el sofá. Estaba dormido. Ahora debía continuar su plan. Decidió dejar la cinta. Y, cuando vino su familia, la vieron, pero sin la presencia de mi amigo Kartikeiia. Era Jaime hablando solo, golpeando a la nada, cortándose el pene en dos, todo al pronunciar el nombre de su hija, Lisa. Aún sin poder creerlo, no sabían qué hacer. Decidieron llevar la prueba a la policía, pero esta desapareció. Pensaron en internarlo, pero él dijo que, si lo hacían, las mataría. Entonces rio y rio. Y, sin esperarlo, fue hacia atrás y llegó al balcón. Y cayó.

Carla bajó corriendo, pensando que se volvió loco. Cuando estaba a su lado, le dijo:

—Gracias por esta vida, pero no te vuelvas a casar o volveré de ultratumba a por ti.

Jaime cerró los ojos ante las lágrimas de Carla y sus hijas, mientras llegaba la policía y la ambulancia. Le dijeron que sobreviviría, que se calmara. El corazón de Carla se aceleró y su mundo se paralizó. No sabía si alegrarse o decepcionarse.

Así, amigos, quiero deciros que la violencia nunca es la solución, al igual que la manipulación. Si alguien os hace daño, no penséis que cambiará. Nunca se sabe hasta dónde llegará la maldad del ser humano, porque cada vez estoy más seguro de que la mayoría son seres bestias y no humanos. Pues es terrible ver y observar esto. A pesar de que fue una de las batallas que más me costó, no fue en balde. Seguiré luchando hasta erradicar esto, y espero que estos hechos te ayuden a ver como un rayo de esperanza que tú puedes cambiar el mundo.

Todo depende de cómo actúes.

Llegamos ya a este punto. Las historias que acumulo, las vivencias que vivo, me voy dando cuenta cada vez más de que en la raza que denominamos humanos hay más bestias que criaturas humanas. Lo cual me hace ver que este solo mira por sí mismo, por su egoísmo, sus deseos, sus placeres. La banalidad te puede llevar a grandes extremos sin retorno.

En la siguiente historia, vamos a seguir hablando de inestabilidades familiares. De cómo es vivir eso. No queremos hacer heridas en ninguna persona, simplemente reflexionar. Nuestra siguiente historia lleva por título *Chernovov.*

Mi madre aguantaba a duras penas para criarnos desde que papá se fue; su sonrisa se cambió por unos labios inertes y sin brillo. Estos solo brillaban cuando su garganta se llenaba con esa bebida que tanto la perjudicaba. Sus ojos se oscurecieron y el paso de la lluvia en estos no ayudaba. Siempre decía lo mismo: que un día se fue y no volvió, que era un desgraciado por abandonarnos en mi cumpleaños, etc.

Todo comenzó hará ya cinco años. Yo era un niño de unos 8 años recién cumplidos. Mi padre siempre discutía con mi madre. A pesar de ser mi cumpleaños, eso no fue un impedimento para ellos. Mis regalos tampoco fueron muy interesantes; lo normal para un niño de mi edad: un coche de muñecas me regaló mi madre. Esa fue la principal causa de discusión, pues no era fácil de digerir para mi padre que un niño tuviera un cochecito de muñecas; según él, eso era cosa de mujeres. Se aproximó a mí y me dio su regalo. Esta vez era un muñeco de El equipo A. Me encantaba esa serie. De nuevo, una discusión. Mi madre pensaba que eso solo aumentaría mi violencia. Esa misma noche, a la hora de irme a dormir, mi padre me recostó y me dio un beso. Le noté frío. Esta vez parecía diferente; a la mañana siguiente no le vi. Y así pasaron varios años.

Actualmente, soy yo prácticamente quien debe tirar del carro, como se suele decir. Mi madre, debido al abuso con la botella y el tabaco, hizo que su salud empeorara. La verdad, ella no lo pasaba bien y, si esa era su forma de liberar tensiones, era entendible, pero no hasta ese punto. Ese punto en que te debates con la muerte.

Un día, alguien llamó a la puerta. Pensé que sería el cartero o un vendedor ambulante, pues hacía tiempo que los repartidores de pedidos tan solo pasaban por aquí a traer facturas o denuncias, pero me equivoqué. Pues, aunque al principio ignoraba el timbre, finalmente acudí a ver de quién se trataba.

—Me llamo Chernovov —dijo él, con tono frío y endeble.

Le pregunté qué quería. Él metió la mano en su gabardina. Pensé que me iba a disparar, así que cerré los ojos.

—Este debe ser tu padre. Hace años ya que vino a mi reino. Tuviste que pasarlo realmente mal y lamento mucho que te vayas a quedar solo, pero es hora de que ella asuma lo que hizo.

Le pregunté, asustado, de quién hablaba, pues no lograba entender nada. No sabía si era por el acento o sus palabras, así que le pregunté.

—Imagino que tu madre no te lo contó. Verás, la noche de tu cumpleaños, de hace cinco años, tu madre, ya extasiada de peleas y batallas, en un arrebato de ira, cogió a tu padre y lo asesinó a sangre fría. Te contaré cómo lo hizo. Tu padre acababa de bajar a taparte para dormir. Entonces, tu madre, cogió y comenzó a reprimir a tu padre. Este comportamiento le pidió salir un momento al patio, y allí, agarrando fuerte un cuchillo, le apuñaló 59 veces, hasta que su corazón dejó de latir. Cuando se despertó, quizá porque se desmayó y vio el cadáver al lado, dándose cuenta de lo que había hecho, decidió enterrarlo. Así empezó a deprimirse y a reprimir su ira en el alcohol.

—¡Me estás mintiendo! —le dije, totalmente enfadado, pero él me hizo un gesto para que le siguiera.

Pensaba que me pasaría algo malo. Aun así, decidí seguirle. Más adelante, era el lugar favorito de mis padres: el bosque donde se conocieron por primera vez. Me señaló un lugar abandonado. Lo miré con miedo.

Me dijo que me pusiese a cavar.

Y eso hice.

Al principio solo parecía haber tierra, pero algo golpeó la pala al cabo de cinco minutos cavando. Parecía una bolsa, quizá una caja. La abrí. Allí, justo allí estaba. Era el cadáver de mi padre, o eso creía. Aunque no estaba seguro, llevaba aún la ropa de aquel fatídico cumpleaños, pero cuando me di la vuelta, él ya no estaba, se había esfumado. Entonces recordé lo que me dijo.

Corrí a casa lo más rápido que pude. Para cuando llegué, ya era tarde. Ese hombre, ser o lo que fuera, había llegado antes que yo. Estaba junto a mi madre. Le dio la mano y, poco a poco, algo fue saliendo de ella. Le grité, incluso le imploré que parase, pero él me dijo que al dios de la muerte se le respeta. No podía creerlo; por eso ese acento ruso. Era el dios de la muerte ruso. Tomé a mi madre una última vez y le di un beso. Y me recosté a su lado.

Cuando desperté, me encontré atado de pies y manos y en una sala blanca y vacía. De nuevo apareció aquel ser.

—Han encontrado los cuerpos. Creen que tú los mataste, que el día de tu cumpleaños asesinaste a tu padre para que no volviera a pelear con tu madre. Y a tu madre, para que dejara de sufrir tras confesarle el primer asesinato.

Yo le dije que él sabía que no era así, que me ayudara a salir. Que era inocente, pero me dijo que él solo llevaba almas. Una enfermera entró. Me dijo que dejase de hablar solo. Me pinchó un medicamento y me dormí. Me dormí pensando que lo que estaba pasando era todo un sueño. Era una realidad. Estaba allí, justa o injustamente. Antes de que pudiese terminar, mis ojos se cerraron y caí en un profundo sueño. Lo volví a ver. Me ofreció liberarse de la única forma que él sabía. Yo sabía que debía tomar una decisión, pero… sabía que si escapaba, por fin sería libre, volvería a ver a mis padres y todo sería maravilloso otra vez. Pero mis hermanos, familia o incluso mi amigo Zeus no me lo perdonarían. En cambio, si vivía, estaría condenado al sufrimiento. Entonces decidí.

Sí, amigos. Lo que habéis leído es la historia de mi amigo Marcos. Un hombre con un espíritu de hierro indomable. Fuerte, libre y leal, pero en esta ocasión nada podía salvarle, pues eligiera lo que eligiera, estaba condenado.

La diferencia: aún recuerdo esa tarde de verano. Desde que te fuiste de mi lado, ese parque por el que paseábamos se ha vuelto mi mejor amigo.

Paseo por él, desde que te fuiste, pensando que quizá, y solo quizá, algún día puedas regresar. Simplemente, me abrazaste y, sin decir más, me dijiste adiós. Desde ese día, no puedo evitar escuchar conversaciones ajenas.

—Hoy es un día soleado —comenta un anciano mayor a su nieto.

—Sí, abuelo —contesta el joven—. Así vendrán más animales a picotear. Desde el último día me quedé con ganas de ver a una ardilla.

Un grito hace que esta escena tan dulce tenga que ser apartada de mí.

—Edu, corre, ven. Tenemos que hablar, hay un problema —comienza diciendo el hombre que gritó, bastante enfadado.

—Luis, dime si es grave o tiene que ver con el tema de tu padre. Lo arreglamos, pero no te enfades.

—Lo he estado pensando, estoy harto de esconderme. Esta mañana he estado hablando con mi madre. No quiero esconderme más, quiero estar contigo sin depender de si nos vigilan o no. Está de acuerdo y le parece bien que vivamos con ella.

Una lágrima comienza a salir de mi ojo derecho para dar paso a una sucesión más. Me hace muy feliz porque sus sentimientos son reales. No son la típica pareja que queda en un parque para hacerse fotos y subirlas a redes sociales.

A continuación, veo que la pareja se ha ido y una monja ocupa un banco. Está sola, lo cual es extraño, pues suelen ir siempre en grupo.

Le pregunto si le importa que me siente, le explico que estuve toda la tarde dando vueltas y estoy cansada. Ella me dice que no y que tome asiento. Le pregunto, aún con intriga, por qué está sola y su respuesta, debo admitir, que me aterró. Me miró diciendo que era su trabajo y que no era monja. El miedo entró en mí, pensando que podría ser una asesina. Decido aceptar para evitar esto.

En ese momento aparece Eric, un joven alto y pelirrojo. Fue quien me condenó a estar en este parque, pero va de la mano con Juan. La mujer me interrumpe diciendo que si estoy bien. Asiento y dice que es buen momento para empezar.

No sé bien a qué se refiere. Se acerca a Eric y le toca el hombro. Siento vergüenza pensando que le dirá algo, pero no. Una sombra, probablemente su alma, sale de su cuerpo mientras Juan intenta pedir ayuda. Antes de que me vea, salgo corriendo.

La mujer se gira hacia mí y me dice que su nombre es Abel, esa es la palabra que me salvará de morir, pues es él quien porta ese don.

Me pide que le siga y llegamos a un lugar que parece ser el inframundo. Allí deja a Eric y abre un nuevo portal.

Al volver estamos en un hospital. Una mujer parece estar dando a luz. No parece estar muy bien. Abel me dice que toque a la mujer. En ese momento el bebé nace. Y Abel me confiesa haberme concedido el don de la vida. Que ese antes era el suyo, pero cuando Caín dimitió, decidió tomar su lugar.

Parte 2

Una cara implica una historia

En la segunda parte, vamos a ahondar en esas personas que vemos solas. O quizá, no es el hecho de verlas solas, sino su mirada. Esas miradas que muchas veces ahondan en una profundidad de un pasado ahogado. Un pasado cargado de recuerdos que van tallando el alma. O quizá agujereándole. Y marcando, por ende, las arrugas.

Eso que muchas veces como adultos callamos. Por miedo, quizá, a que pensaran o, en otras ocasiones, quizá, por el mero hecho de no dejar caer la máscara. Unas máscaras que no siempre son de ego. Sino que, muchas veces, conllevan ocultar una verdad que, de saberse, condenaría muchas otras vidas.

Comenzaré hablando de algo que pasó a una conocida en Portugal, concretamente en *Un ferrocarril en Oporto*. Por ende, esta historia lleva ese título, *Un ferrocarril en Oporto*.

Todas las mañanas cogía el ferrocarril. Esa línea conecta las diferentes zonas de Oporto. Desde hace una semana, no puedo evitar ver a las mismas personas.

Entre ellas, un hombre. Alto, siempre va leyendo en su tablet. Me hace preguntarme: ¿qué lee? No puedo evitar pensar que me observa. ¿Tendrá algo que ver con mis divorcios? Mi primer matrimonio. Ese hombre. No pudo ser.

Conozco al hombre, mi mejor amigo. En el dormitorio la noche de bodas. Mi segundo matrimonio. Marcos. Ese hombre tan encantador. También lo descarto. Él era profesor y tuvo que mudarse de ciudad.

Mi tercer matrimonio. ¿Me casé una tercera vez? Alguien parece tocarme la espalda. Decido darme la vuelta, sin perderle de vista. Contemplé una figura.

¿Es una mujer? No. Ese cuerpo no es de mujer ni de hombre. ¿Qué veo? Decido preguntar qué es.

—Ashley. Soy Francisco. Soy como un genio y tengo esto para ti. Es una caja de deseos. Te aparecerán misiones. Si las completas, podrás pedir lo que desees.

La figura se desvanece. Observo la caja. Quiero saber qué debo hacer. La primera parece sencilla. Debo ir al trabajo y entregar unos donuts a algunos compañeros… Al hacerlo, vuelvo al ferrocarril. Y ahí está ese hombre.

Deseo. Quiero saber quién es ese hombre. ¿Qué relación tenemos?

Me veo de niña, en mi ciudad natal, Lisboa. Reconozco esa escuela. Al fondo, un niño asustado. Le recuerdo. Es Joan. Era un buen amigo. Le defendía del bullying. El hombre del vagón es mayor. Tengo 45 y él rozará los 57.

—Sigue mirando. —Sin saber quién o qué me habla, decido hacerle caso.

Veo que terminan las clases y decido seguirlo a casa. Allí observé una escena familiar dantesca. Un padre estricto, una madre que parece olvidar sus derechos. Un hermano.

—Gerard. Supongo que ya te dieron la nota. ¿Qué tal las ciencias? Tu abuelo, bisabuelo y tatarabuelo siempre nos hemos dedicado a ser científicos. Tu hermano se desvió con medicina, pero se puede arreglar. Déjame ver.

—Papá, yo… Quizá me guste más la escritura, soy muy bueno en narrativa y…

—No seas bohemio. Déjame ver.

A la fuerza, le arranca el examen. Un 9,7 es una nota bastante alta, su padre estará orgulloso.

—¿Qué? Te parecerá bonito, ¿no? Esta es tu forma de reírte de tu familia. Un 9,7 en otras asignaturas llegas al 10, no vales para nada. Ve a tu habitación, estás castigado.

—Papá, yo… En clase tengo problemas y…

—¿A tu edad? Eres un crío. La gente como tú no sabe lo que es vivir. No has salido del cascarón. Aún eres un polluelo que no sabe volar. Ve a tu habitación, estudia. No me hagas reír de payaso.

No entendía nada. Él no solo lo pasaba mal en el patio. También en casa. No conseguía tener amigos, tampoco apoyo familiar.

Toc, toc.

—Edu, no tengo ganas de hablar. Vete.

—Va, Ger, abre. Sé lo que estás pasando. A tu edad, papá me trataba igual. No quiero que acabes como yo, haciendo algo que odias solo por contentar a papá. Esto es un billete, tu nuevo pasaporte y DNI. El tren sale a las 10:27 p. m. a España. Ve, haz una nueva vida y sé feliz, hermanito.

Ese hombre. Es el del vagón. Salvo a su hermano. Es un héroe. Se enfrentó a alguien que le odiaba.

—Despierte. ¿Señora?

—Sí, ¿qué ha pasado?

—Se ha quedado dormida. Es la última parada del ferrocarril y…

¿La última? No puede ser, tengo que ir a trabajar. ¿Qué hora es?

—Señora, son las 9 a. m. ¿Está segura de que trabaja?

Me tomo una de las pastillas que me recetó el médico para el estrés. Antes de contestarle mal, le digo que, aunque parezca pobre, no lo soy.

—No, señora, no es por eso. Me fijé en la caja. ¿Toma usted Aducanumab?

Es así, pero no creo que tenga relevancia. Parece darse la vuelta. Antes de levantarme, ese hombre se aproxima a mí y me muestra un espejo. Cuando me refleje, no entiendo. Delante de mí veo a una señora mayor, de unos 75 años.

—No se asuste, señora. Ya llamé a la policía y la ambulancia viene a ayudarla. Lo supe por las pastillas. Son para el Alzheimer en las primeras fases. Es una lástima.

¿Alzheimer? No. No puede ser. El hombre que iba delante en el vagón, quien pareció ayudar a su hermano, vuelve a montar.

—¡Mamá! —grita él.

—Caballero, ¿la conoce?

—Sí, así es. Es mi madre. Tiene Alzheimer. Le afectó mucho lo de mi hermano. Un día desapareció y, desde entonces, no se encuentra bien. Trabajo en el hospital. Prefiero venir en ferrocarril para vigilarla. En cuanto mis compañeros recibieron el aviso, le pedí el coche a una compañera y vine lo más rápido posible.

Y recuerdo que mi último divorcio fue Francisco. Él me guio, aún en sueños.

En esta historia hemos querido dar relevancia a esas enfermedades que, si no las vives, parece que no tienen importancia; pero, no obstante, quizá sean estas las más calladas. Es por eso por lo que hemos querido hacer ver al lector cómo siente una persona con Alzheimer o demencia senil. Cómo los huecos llenan la mente. Cómo esos huecos pueden ser reales, pero no pasar ahora. Y, de esta forma, cómo es posible que solo se recuerden algunos hechos.

Nuestra siguiente historia se centra en el terror, y el porqué es sencillo: para generar tensión. Esa tensión que se siente en estas situaciones, pero que, al mezclarlas con ficción, es más entendible para el espectador. Esta historia se llama *Los secretos detrás de la esquina*.

Cuando paseo por el centro, me gusta centrarme en especial en una calle, concretamente, en su esquina. A medida que vas caminando, parece que nada tiene sentido hasta que pasa. Quizá veas a un hombre pasear con su perrito, uno que quizá sea demasiado pequeño para él, por ser fuerte, pero lo que no sabes es su secreto. Ese hombre ahora ve a un rottweiler *acercarse al pequeño. Actúan como si no se conocieran más que de vista y por sus perros. Esta esquina es la única a la que no pueden engañar. Ya los vi la noche anterior. Si observas bien, aún puedes verlos arder de pasión. Una pasión escondida de la que nadie más puede saber. Nadie, por mucho que sus corazones quieran gritarlo, por mucho que quieran mostrarlo. Solo por un motivo: saben que solo pueden en esa esquina. Ese beso que podría durar eternamente, pero saben que un beso marcará posiblemente el final de sus carreras.*

También verás a unos jóvenes pasar. Uno de ellos parece ser un atleta del instituto. Todo perfecto, podrías pensar. Incluso puedes imaginarte a una tal Margaret, con la que sale. Podrías imaginarte como una atleta o, incluso, como una animadora.

A continuación, veo a una joven. Quizá no sea animadora o lo que sea que hagan las jóvenes. Aquí, en España, al menos en mi ciudad, Valladolid, puede que lo normal no sea ser animadora, pero hay bastantes. Podría, quizá, practicar algún deporte los jóvenes, como el fútbol, el baloncesto o, incluso, atletismo, pero ella no lo parece.

Tampoco usa maquillaje ni tacones, lo cual, en mi humilde opinión, me parece un gran avance, pues muestra que está orgullosa de su aspecto físico y, por tanto, no necesita maquillaje para tapar su cara. Es bastante más alta que él, quizá por ello no use tacones. Me pareció alguna vez verla con un grupito que, detrás de ella, parecían estar riendo. ¿Eso provoca risas entre ellos? ¿Acaso es malo que una chica sea más alta que un chico? Salvo para él, para ese joven atleta. Ese joven que perfectamente podría protagonizar una película americana. Sus ojos, a pesar de lo que digan sus labios, no pueden olvidarlo, olvidar lo que esa noche lograron en un fortuito encuentro con ella, pero ahora son tan solo dos desconocidos del instituto; quizá, enemigos. La chica es capaz de entenderlo, debido a las risas y burlas que sufre, no quiere que a él le ocurra lo mismo. Y tan solo esa esquina es capaz de ocultar un amor puro y real. Un amor que, quizá, la sociedad no esté preparada para enfrentar.

También verás al padre de la iglesia. Un hombre que, por su avanzada edad, no pensarías que fue quien obligó al anterior a irse de misión, pero siempre en esa esquina, desde los barrotes de su iglesia, tortura a su aprendiz, obligándole a hacer lo que él quiere. Mostrando una figura de poder ante algo que no debería tenerlo. Aprovechando tanto su puesto como la posible discapacidad del monaguillo, aprovechando el deseo de él por llegar a ese puesto. A medida que el día va pasando, esa esquina se transforma. Es la tarde la que da señales de lo que allí puede ocurrir.

Ves a un joven acercarse, va bien vestido, nada podrías sospechar de él. Entonces, aparece otro joven. Está peor vestido, pero tampoco en exceso. Se dan la mano en señal de saludo y se van. Cualquiera pensaría que, al verlo, lo acosa. Nada más lejos de la realidad. Es un intercambio. Todo el dinero que ese joven podría aparentar se desvanece en un simple choque con la mano. Una mano lleva dinero y la del otro joven, la del bien vestido, la moneda del diablo de intercambio.

También allí puedes ver un pequeño gatito. Le gusta ir alrededor de las 18:30 a observar el paisaje y a cantar su famosa melodía del miau.

Lo que quizá me llama más la atención es una niña. Ella parece feliz, incluso juega con su pelota. Me llamó la atención que jugase sola, pero también su ropa. Daba igual la época del año. Rara vez la verías sin abrigo. Podría haber treinta grados, tú estar abrasado por el abrumador sol. Y al fondo, ella, la niña, con su abrigo, sin pasar calor. Lo curioso era que, a pesar de jugar con la pelota o la comba, si pasaba algo en su manga y se levantaba, enseguida la bajaba.

Estaba más centrada en esa manga bajada que en nada más. ¿Por qué lo hacía?, era el único pensamiento que tenía en mi mente.

Pensé en hablar con ella y preguntarle por qué lo hacía, pero me fue imposible por si llamaba a alguien. Simplemente decidí observar pacientemente, solo hasta que supiese la verdad. Así, que día a día esperé. Esperé mientras atónito observaba las anteriores escenas. Fueron pasando los días. Pasaron las semanas. Se me hizo, de hecho, bastante largo y entonces vi su brazo. No fue fácil. Miles de marcas rojas lo adornaban, advirtiendo así que algo malo le pasaba. Decidí intentar hablarla. No podía permitirlo.

Alguien me tocó el hombro y me paró.

—Adrián —me dijo.

—¿Sí? —respondo.

—Ya te he dado suficiente tiempo, sé que te gusta observar, buscándolo, pero no va a volver.

—Quería ayudar a la niña, no quiero que ella acabe mal.

—Temo decirte que el destino está sellado. Además, este es tu asesino. Quien te mató en esta esquina; así, por fin, descansarás en paz.

Las lágrimas comenzaron a caer de mis ojos, es el hombre del perro pequeño. Al revisar los archivos que me permitió ver, descubrí que su amante secreto se dedicaba a lo mismo y, sí, si les pillaban, les matarían y su trabajo acabaría. Él tiene un hijo que parece ir por su mismo camino, vendiendo sustancias ilegales. El del rottweiler, en cambio, no tiene un hijo, sino dos. Una hija que su primera esposa se quedó y un hijo que va al instituto y es muy popular. Los amantes, en realidad, son hermanastros. Y el cura, en realidad, mandó a ese hombre a misión, pues, en realidad, no es sacerdote. Pagaron a la iglesia para controlar a esas personas que parecían no tener nada en común.

Cuando llegué a la última página, las lágrimas caían de mis ojos. Tareas de hoy. La primera en la lista soy yo. Y unas horas más tarde, la niña. No tendrá más de diez años, pero, aun así, morirá.

No por decisión suya. Nada más lejos de la realidad. En un acto de desesperación, su propia madre hizo algo de lo que pronto se arrepentiría. Pues el día anterior, en la comunión, su madre, que es soltera, hizo un pacto con un hombre. Un hombre que no conocía. Un hombre que le prometió llevarla a un sitio donde ella y su hija serían felices. Lo que no sabe es que ese hombre no la llevará de vuelta. Al menos, no viva.

La muerte me agarra de la mano y me lleva; se acabó la maldición de la esquina.

En esta pequeña historia he querido hacer una reflexión acerca de las decisiones. Pues si bien es cierto que cada decisión nos va modelando el tipo de vida que tomamos, no debemos obviar algunas de estas. Nunca sabes realmente cuándo esas mismas decisiones, como una baraja de cartas, pueden darse la vuelta y volverse en tu contra.

Haciendo hincapié en este tema, siempre cabe recordar a las personas. Esas personas que, aunque la situación no sea agradable, siempre saben qué decir. Siempre están ahí, preparados, como si estuviesen esperando el momento para decirte eso que tanto necesitas. Esos consejos que, muchas veces, sin darnos cuenta, nos salvan el día. Por ello, esta historia se llama así: *Consejos en recuerdo.* Porque si esas personas ya han partido, sus consejos siempre quedarán grabados en un sitio: nuestra mente.

Si algo me permite el cerebro recordar con total claridad es a mi abuela. Quizá fue porque ella era mi confesora. Le contaba todo y siempre me daba consejos. De todas ellas, recuerdo con mucho cariño una frase: «*La vida es una pelea; tú eliges ser el que recibe, el que da o el que lo puede parar*». Bien es cierto que al principio no la entendía y más de una vez tuve que preguntarla. Una de esas veces tenía 13 años. Ella ya estaba avanzando con el alzhéimer y, aun así, me ayudó.

Le dije:

—Verás, abuela. En el colegio no tengo muchos amigos. Los compañeros no son buenos conmigo y me critican. De hecho, incluso si saco buenas notas.

Ella me respondió preguntándome por qué no se lo preguntaba a mi padre, que era su hijo.

Razón no le faltaba, pero no quería decirle la terrible verdad, así que al principio esquivé la pregunta, simplemente diciendo que no tenía mucha confianza y sabía que, quizás, no reaccionaría muy bien.

No sabía con exactitud cuál de estas palabras me delató, pero respondió:

—Entiendo tu situación, pero verás, mi querida nieta, como ya te dije varias veces, la vida es una pelea y tú eliges ser el que recibe, el que da o quién la puede parar. Ahora mismo tu padre podría ser quien lo para, pero si no lo hace, es porque en algún momento es él quien ejecuta. Así que debes decidir ya, mi niña.

»¿Quieres seguir recibiendo golpes toda la vida? ¿Quieres ser como tu padre, quien golpea y oculta la mano, pues cuando debería parar no lo hace por miedo a que se sepa la verdad? ¿O quieres ser tú misma? Y de esa forma, construir tu camino para saber cuándo detener la pelea.

Esta enseñanza me acompaña día a día y siempre la recordaré con cariño. Siempre que tenía algún problema, mi cerebro, como si *fuera un ordenador, cargaba la frase, y con su dulce voz se venía la frase a mi cabeza.*

Tiempo después, ya había cumplido los 16. Había pasado a bachiller y estaba feliz de lograrlo.

«Lo conseguiré, puedo lograrlo», pensé. «Ya les demostré a esos profesores que no creían en mí que sí podía estudiar. Se acabará por fin el silencio y habrá buenos compañeros».

Pero no todo eran buenas noticias. Pues a la vez que logré demostrar que sí valía, a la vez que huía de las burlas y risas de mis compañeros, mi abuela iba a peor. Ya no podía ir a verla; esas tardes en bancos parecían haber palidecido en el tiempo. Mis calificaciones empezaron a bajar y me costaba relacionarme. Solo tenía a mi abuela en mente. Ella era mi mayor confidente y su luz se apagaba. Me empezaron a apartar tanto en casa como en clase, y mi pesadilla de nuevo comenzaba. Entonces, al comienzo del segundo trimestre, el 10 de enero, mis hermanas van al colegio. Dispuesta a coger mi mochila, voy a terminar de prepararme y, mientras mi brazo aún camufla los recuerdos dolorosos de la noche, mi padre me dice que espere un momento. No podía contener mis lágrimas al oír que mi abuela se había ido, la única razón de continuar en este mundo, se había ido. Ya no habría más abrazos. No volvería a llevarle los Mon Chéri, esos bombones que hacían brillar sus ojos en su máxima expansión, sus bombones favoritos. Allí debía aplicar nuevamente sus enseñanzas.

Mi prima, ella, que apenas me conocía, decía que no la conocía lo suficiente y por ello no debía llorar. Y no la golpeé. No. La esquivé. Pues, al decir eso, respondí:

—¿Y tu hija no debería aparecer en la corona? Ella sí que no la conocía. Sabía que tan solo quería hacer el número, el papel.

Pues nació hace un año y la abuela no la ha visto. Puede que no la conozca tan bien como tú piensas, pero yo ya aprendí a quererla por lo que es y siempre será. Una persona, no por su dinero.

Trató de golpearme de nuevo y lo esquivé.

Le respondí lo que ella, mi abuela, me dijo, ya que ella pensaba, o más bien, me enseñó que no hay que vivir peleando constantemente.

—Y eso es algo en lo cual tú te crees experta, pero déjame decirte algo: la diferencia es que tú jamás has sufrido como una persona real; no sabes lo que siente al ver caer a alguien en esto. Prueba de ello es la relación que tienes con tu hermana.

Me levanté las mangas de la camisa y le mostré mis brazos, esos que la noche anterior sufrieron nuevamente el frío hierro atravesándolas para dejar paso a la sangre.

Pensando que nunca lograría encajar en un mundo donde ser diferente era pecado. Dije también, por si acaso el mensaje no quedó claro:

—Fuerte no es quien se desahoga con cualquiera, aunque sea por una noche, ocultando a su marido, sino quien guarda su dolor en silencio y trata de que los demás sean felices.

Antes de que pudiera contestarme, me di la vuelta. Me dirigí a mi abuela y de nuevo recordé todo lo que vivimos.

Llegó el hombre de la funeraria y me dijo si quería pasar a verla. Yo asentí; mi voz se había quedado muda y no lograba hablar.

Al llegar le dije:

—Abuela, ya lo entiendo. El dolor te hace humano. No volveré a dejar que me levanten la mano y, si alguna vez lo hice, lo recordaré y enmendaré. Simplemente esperaré paciente hasta que el dolor sane mis heridas. Te quiero, abuela.

Lo más doloroso fueron las noticias que aparecían por la televisión y en los periódicos de mi ciudad. Años después, descubrí que el dueño de esa funeraria, esa funeraria donde despedí a mi abuela, había reutilizado ataúdes, incluyendo la época de mi abuela, y, por tanto, posiblemente reutilizando también el suyo. Puede que le pusieran morfina para parar su dolor en exceso, pero no tenía por qué sufrir hasta en la tumba. Sé que desde allí sigue, con su luz e intensidad, parando las peleas.

En esta historia, quizá hay más verdad que ficción, lo admito, pero quería darle un lado más humano a aquello que muchas veces para no tenerlo. El simple hecho de cómo muchas personas viven en odio. Viven en conflicto consigo mismos y generan ese dolor en lugares que nunca imaginaríamos para ello, como una escuela o incluso a veces el trabajo. También hablamos del duelo, ese dolor de ver partir a nuestros seres queridos. Que puede que sepamos que se vayan a ir. Es cierto, pero eso no resta que sea más fácil el camino. Y, de este modo, concluimos este capítulo.

3. ¿La enfermedad nace o se crea?

En este capítulo, vamos a profundizar mucho más allá. Vamos a ver lo que podríamos denominar el peor lado del ser humano. Todo con un simple motivo, o mejor dicho, resolver una pregunta que muchas veces parece no encontrar respuesta. Y sí, como habéis adivinado, es la que da título a este capítulo: ¿La enfermedad nace o se crea? Obviamente, no nos referimos a todas las enfermedades, más concretamente a la enfermedad mental.

Parte I

Los sueños y su evasión

Ahora, os contaré acerca de una panadería en Nueva York. La historia puede sonar parecida, pero veamos cómo se desarrollaría esta en el siglo XXI. La panadería Sky Bakery de Nueva York:

—*Tío, tienes que probar estos* muffins *de Blue Sky Bakery. ¿Para qué te hice caso? ¿Qué llevan realmente? ¿Me vendieron solo el pastel?*

—*¡Fóllame, vamos! Por eso me mataste, ¿no?*

—*No, no fue por eso. Fue porque me llamaste gordo. Y porque tú no querías vender más* muffins. *Es Nueva York, ¿qué esperabas?*

—*Ya, por eso siempre preguntabas por mí..*

—*No. Eras la única que me daba los* muffins *correctos. Y al principio, debo admitir, también la única que no me decía gordo.*

—*Si lo estás, ¿qué…?debería decir?*

—*Cállate. No lo estoy. Estos* muffins *tienen algo. Y es lo que me lleva a esto. A esta situación. Ahora está ahí. Muerta. Dios, estoy hablando con un muerto…*

Comienzo a oír sirenas de policías. ¿Vendrán a por mí? ¿Cómo se han enterado de esto?

La policía comienza a salir del coche. Pienso en todo lo que he pasado. En lo que tuve que hacer… ¡Dios! Ahora me pudriré en chirona. Levanto las manos. Es la policía y sé que si no lo hago me dispararán. Se acercan. Van muy lento, ¿o quizá es mi mente jugándome una mala pasada?

Pasan a mi lado. Están cerca. Ya llegan. De pronto me atraviesan, ¿qué ocurre?

—*Señora McKenzie, así que así hace sus pastelitos, ¿no? Supongo que ya sabe por qué estamos aquí.*

—*¿La policía también puede hablar con los muertos?*

—*Mira, sabemos lo que haces. A qué pasteles te dedicas. Acaso le diste uno de frambuesa, ¿no?*

Sí, es verdad. Me dijo que era un **muffin** *nuevo y sería el primero en probarlo.*

—*O prefiere mejor que diga, ¿el pastel de polvo de ángel?*

—*Ahora se te acabó tu época de asesinato. No vas a vender más cuerpos en la* deep web. *Te hemos cazado. Estás detenida. Y no intentes uno de tus juegos de pastel. Esta vez no servirá.*

Observo de nuevo. Me veo a mí en el suelo. Estoy muerto. Comienzo a recordar:

—Hola, Eric. Sabía que vendrías y te preparé tus pasteles. Así te ahorro la espera y vas más rápido a la oficina. Quizá suene muy atrevido, pero estoy practicando unos nuevos muffins de frambuesa, no sé si están buenos y… ¿puedes pasarte hoy por mi casa y los pruebas? No quiero que suene a lo que no parece. Simplemente eres uno de mis mejores clientes. Y bueno, ¿quién mejor que tú para probarlos?

—Sí, claro, Margaret.

Esa noche, al salir de la oficina, estaba entusiasmado. Tenía una cita. Y era con la mujer de la pastelería que me trataba mejor.

Al llegar estoy nervioso. Aun así, timbro. Cuando me abre, no lleva la ropa del trabajo. En su lugar, un hermoso vestido que marca sus mejores rasgos.

Llegamos al comedor. Me ofrece el pastel. Se sienta delante de mí. Parece nerviosa. Algo que se nota en sus manos temblorosas. Algo que se traslada a sus brazos y, delicadamente, parece también, como si le temblasen los hombros. Me acerco el muffin. El sabor es delicioso. Nunca había probado nada así. Empiezo a delirar. Me imagino a Margaret bajando lentamente el tirante de su vestido, pero algo pasa, a la vez parece que veo una calle, no recuerdo bien ese momento y… Aquí estoy, en el callejón. En el suelo. Mi cuello está cortado. Y parece que me iba a empaquetar por la cantidad de bolsas en el suelo. Comienzo a llorar.

—Bien, llegó el momento. Margaret McKenzie, queda arrestada por homicidio. Este es tu 27.º crimen. Venta de restos humanos y registro en la deep web para actividades no legales. Tienes derecho a un abogado. Si no puedes permitírtelo, el estado

te proporcionará uno. Tienes derecho a guardar silencio; cualquier cosa que digas podrá ser utilizada en tu contra. Y, por último, tienes derecho a una llamada al llegar a comisaría.

En esta historia he decidido jugar con un tema de la mente del lector. Jugando a qué pasaría y me van a perdonar. Si quien parece ser el asesino no es en realidad la víctima. Esto se puede deber a varios hechos, entre los cuales podemos destacar una gran culpa en la vida. Pues muchas personas, quizá sin darse cuenta, llevan a otras a adquirir el papel de víctima. Que si pasa como en esta historia y se ve incrementado por las drogas. El final, por ende, será catastrófico.

El amor es una fuente de inspiración. Y al ser escritora, no podría dejarlo pasar. Aunque sea este libro. Cuántos amantes se quedaron como amigos esperando algo que quizá nunca ocurriría. Este relato se llama *Un amor o una condición.*

—Mikel, ya te dije que no podemos ir a ese concierto. Esta es mi exnovia y no quiero salir con ella. Sabes que, si lo hago, no podré controlar mis emociones y todo explotará. Ella no quiere verme.

—Tranquila, María, ya te dije que te vas conmigo. Podemos fingir que somos una pareja. Estaría celoso.

—Mikel, ella sabe cómo soy. Ella sabe quién es. No funcionará. Mira, me está llamando ahora mismo.

—Es raro que me llames, pero… hola, Laura, ¿qué tal? Puedo hacer algo por ti, pensé que ya lo habíamos dejado y que no querías saber más de mí.

—Lo siento, marqué mal. Aún te tengo como mi cielito. Y a mi nueva novia, también; fue mi culpa.

—Hombre, Marian, estás llorando, ¿qué pasa?

—Está con otra, Mikel, me acaba de decir que se confundió al marcar porque me tenía igual.

—Mira, voy a ser honesto contigo. No lo hice antes porque sabía que estabas abajo, pero cuando Laura me presentó a una hermosa mujer, tanto dentro como fuera, era una mujer honesta. Una mujer real. Alguien en quien puedas confiar. Y con un nombre tan dulce como la miel. Ojos azules como el mar.

—Mikel, no sabía eso de ti. ¿Estás hablando de Cristina? No sabía que te gustaba, se ve bien.

—No, Marian, ese dulce nombre. Esa piel de porcelana y esos labios que siempre quise besar. Están en esta misma habitación. Marian siempre estuve enamorado de ti. Desde el día que te vi cruzar esa puerta en el Grand Bar. Vi a la chica más hermosa. Toqué el violín. E incluso hoy, cuando alguien que estaba cantando, fuiste tú. Parecía que un destello de luz te iluminaba y que no había atención.

—Mikel, no sabía, jamás habría pensado eso. Siempre pensé que solo me veías como una amiga, pero cuando te vi tocar el violín, algo me hizo cantar, tal vez fue la luz que te iluminaba. Incluso Laura me dijo algo. Y no lo escuché. Como resultado, empezamos a discutir y ya no veía la relación de la misma manera. Vamos a un concierto, pero sin fingir.

—Yo no te entiendo. En otras palabras, ¿quieres que nosotros estemos, o sea, vayamos a salir juntos?

—Así es: ¿o debería preguntarte formalmente? Porque si es así, sabes que puedo hacerlo.

—*Espero que mi beso haya valido la pena como respuesta. Nunca he tenido un sentimiento tan fuerte. Nunca he amado a nadie como te amo a ti. Espero que esto crezca cada día más. De paso, tus labios son más dulces de lo que jamás imaginé. Y tu lengua roza la mía tan suavemente. Era pura magia. Era como subir al cielo.*

—*Mikel, tus suaves labios me empujaron a cruzar el túnel que abriste. ¿Dónde guardaste tu idioma? Tu idioma del amor, cuyo código son los labios, para encontrarme con los míos y, así, sellar nuestro destino. Ahora sí hemos plantado la semilla.*

—*Sé que es demasiado pronto para decirlo, pero te amo, Marian, y quiero que esto funcione. Esta semilla será el comienzo de un nuevo comienzo. Perfecto como el cielo, tan brillante como…*

—*Mikel, te perdono que interrumpas, pero te lanza los labios al cielo. Por eso, te volví a besar. Porque ahora sé lo que significa besar a un ángel. Porque me llevas al cielo. Y solo tú puedes hacerme sentir tan bien con solo un toque. Levántame con el simple toque de nuestros labios y yo también te amo y siempre sentiré eso por alguien como tú. Espero contigo siempre estar.*

Vamos a profundizar en algo que casi siempre aparece en la mayoría de los libros. Vamos a poner una historia de ciencia ficción y a observar cuál podría ser el punto de partida de estas. Decidí titularlo *Mi oscuridad y miedos*. Ahora, cuando profundicemos, descubriréis el porqué de este título, pero antes vamos a plantearnos una pregunta: ¿Puede tener un viajero del tiempo miedo a algo? Si es que existiesen.

No recuerdo exactamente cómo pasó, pero así fue. Yo soy un viajero del tiempo. Aquí, atrapado. Mi nombre es Helze, soy un gaediano. Mi misión era simple: cada tiempo tenía un problema y yo debía estar ahí para solucionarlo. La revolución francesa, por ejemplo. Si no hubiese animado a Robespierre a seguir adelante con sus objetivos, Francia no sería el país que es ahora. Estaría sumido en un capitalismo extremo y Europa seguiría esclavizada bajo un reinado absolutista. También tuve misiones fallidas como la de Hitler. Intenté detenerle, pero tan solo logré que al nacer un huevo desapareciese pensando. De este modo, quizá para algunos no sería tan dictatorial. A fin de cuentas, hay cosas inevitables, pero entonces, en el año 2012, un 21 de diciembre, tratando de evitar el fin del mundo, mi alma pudo continuar viajando. No así mi cuerpo. Quedé como petrificado. Los médicos decían que estaba en coma, pero yo sabía que no era así. Porque mi alma estaba viajando a través de Gaia. Podía ayudar a la gente, pero a ese mundo solo podía acceder a través del plano de los sueños. Mi alma libraba batallas que poca gente podría ganar porque ella se metía en el cuerpo del guerrero y batallaba por él. Puesto que mi alma ahora carecía de lo más importante: un cuerpo que la sostuviera. Lo cual me hacía plantearme: ¿estaba vivo o muerto? ¿Era un simple sueño o había algo más?

Lo peor es que aún no sé cómo conectarme de nuevo con mi alma y estoy a tan solo tres días de que desconecten ese aparato que me mantiene en este mundo. Ya han pasado diez días desde que el médico se acercó y me quiso desconectar. Antes de que pueda hacerlo, un hermoso hombre de ojos tan marrones como el ocre se acerca. Era mi mejor amiga Miguela. Me toma la mano y me da un beso. Mi cuerpo desaparece de este plano y aparece en Gaia.

Ya no soy un alma a la deriva, pero tampoco conozco el modo de regresar al plano terrenal. Aun así, descubriré el modo. Pelearé las batallas esta vez, nada me detendrá, no tendré que poseer más cuerpos. Comienzo a recordar, si puedo llamarlo así, todo lo que mi alma pasó aquí. Sola. A la deriva. Veo los cuerpos que poseía para pelear batallas. Incluso ayudé a Draco a ganar al temible rey rojo. Draco era mi amor, mi alma gemela aquí. Podía abrazarlo sin temor a despertar y cayeron lágrimas de sus ojos, pues él sentía mi presencia, pero no me veía. Así que se lo expliqué. Y juntos seguimos viajando por estos mundos a cualquier tiempo en busca de volver a casa. Solo nos queda probar un método y, aunque es peligroso, lo intentaremos. Debo encontrar a mi tía, bueno, su humano luz en esta vida, donde no existe ni tiempo ni espacio, y hacer que me traiga de vuelta. Debo lograrlo. Debo lograr regresar. Draco, o sea, Miguela, en esa vida sabe lo que pasa. Por eso sé que no me abandonará. Por eso sé que lograré vencer. Y jamás abandonaré mi lucha, ni a las personas que me quieren. Lograré vencer. Esta vez no me quedaré atrás. Volveré a mi tiempo, esta vez con mi alma, y seguiré viajando.

Por fin logro regresar. Este no es mi universo, pues ahora era una mujer. Mi nombre es María. Y Miguela, mi mejor amiga, se llamaba Marco. Y era mi pareja. A pesar de ello, seguiré luchando. Y volveré a mi universo porque nada me detendrá. Ahora sé que esto es mi nueva realidad, debo aceptarlo y continuar viajando hasta hallarlo. Hallar el modo de regresar a mi realidad y continuar ayudando a la gente. Esa es mi misión. Y así será. Ayudaré hasta que mi alma ya no lo resista más y deba descansar en paz, pero mi alma no. Ella continuará viajando. Continuará luchando en

Gaia. Contra las bestias, monstruos o demonios que sean necesarios. Y así, venceremos.

Bien, en esta historia he querido plasmar el valor onírico. El cómo muchas veces los sueños nos ayudan a superar esos miedos internos que no nos dejan seguir avanzando. El porqué del cambio de género de los personajes es quizá más simple de lo que parece. Muchas veces asociamos ciertas acciones al rol femenino y otras al masculino. De este modo, podemos ver así cómo les encasillan por su comportamiento, pero en los sueños da igual a qué género están vinculadas tus acciones. Y sale, por tanto, la denuncia de nuestro subconsciente, alterando esa parte para mostrar que no es relevante ese hecho en la vida de estas personas.

De esta forma, podemos desenvolver que los monstruos son esas personas que tratan de poner trabas y barreras a nuestros sueños, y a los cuales debemos derrotar para seguir avanzando y evitar que dañen nuestros planes futuros; de otro modo, nos sometemos a un sistema que dañará nuestra integridad.

Parte 2

Las marcas del corazón

Llegados a este punto del libro, podemos, por ende, ya tratar temas que quizá hieran la sensibilidad del lector, posiblemente por un caso similar vivido en primera persona o a través de un conocido. También puede ser un tema tabú, debido a que mucha gente se negaría a ver esta verdad, pero en este caso quiero mostrar la realidad en todos los ámbitos. Muchas son las ocasiones en las que se pone a la mujer como la víctima, pero en mis múltiples experiencias de vida me di cuenta de cuán irreal es esta afirmación.

Por ende, en este caso será a la inversa. El título será el de su protagonista. Y por ello se titula *Juan y sus marcas del pasado*.

Sus ojos inefables detonaron la bomba de sus manos al tocarle. Él la amaba. Amaba el suspirar. Quizá fuera por la costumbre o porque había desarrollado síndrome de Estocolmo. El caso era que ya nada le impedía disfrutar de lo que en cualquier mente cuerda no lo era.

Entonces ocurrió lo que nadie esperaba. Su madre comenzó a medicarse y ya no abusaba de su pequeño. Ya no le ponía en la cama y dejaba que él fuera el caramelo sustitutivo de un amor fugaz, amor de un hombre que él abandonó por alguien más joven. Un amor que un día desnudó una cama, dejando un hueco, un vacío que llenaría con su hijo. La versión perfecta de él. Un ser al que golpear si no era como ella quería.

Pero cuando ella empezó a medicarse, Juan ya no formaba parte de esa vida. Juan entonces fue al hospital también. Tenía no solo síndrome de Estocolmo, sino también síndrome de Edipo, el cual nació a raíz de los abusos de la costumbre. Él ya era incapaz de amar a alguien más.

Solo podía disfrutar cuando su madre lo golpeaba y torturaba. Cuando su madre lo ataba o medicaba. Cuando ella lo dejaba inconsciente y abusaba de él.

Lo que él no sabía era por qué comenzó a medicarse y a dejar atrás todo esto. Y, lo peor, por qué el ingreso. Pues bien, no era solo por su enfermedad o malestar, o para curarse. No. Nada más lejos de la realidad. El verdadero motivo pronto saldría a la luz. A pesar de estar medicada, ya era irremediable la causa.

Y es que Juan todos los días esperaba salir de allí y volver a ver a su madre. Entonces se produjo el milagro. Ya llevaba unos meses ingresado. Se le acercó una enfermera y dijo que le siguiera, que ya había llegado el día. Juan aclaró que no tenía ropa y no podría cambiarse si su propósito era salir de allí. La enfermera negó con la cabeza y afirmó que no le haría falta. Juan se mostró preocupado y en vilo, no entendía nada. Nada tenía sentido. Tampoco comprendía por qué en ese tiempo nadie había ido a visitarlo. Mientras avanzaba por los largos pasillos, vislumbró la puerta, esa que permanecía cerrada y ocultaba el mundo real. Un mundo que le estaba siendo negado. Ahora, por fin, iba a ser abierto. Iba a volver a la realidad. La enfermera frenó y le dio una carta. No sabía quién ni por qué la escribió. Solo sabía que debía leerla. El sobre estaba perfumado y comenzó a leer la carta. Era de su madre, dijo la enfermera. Agarré el sobre y la carta, entonces comencé a leer:

«Hola hijo, ya sé que no querrás verme, pero tengo mis motivos. Me fue imposible ir a verte. Ahora todo lo entenderás, no habrá más dudas. No tengas miedo».

La puerta del ascensor se abrió. Imaginé que estaba abajo esperándome, pero en lugar de eso, fuimos a otra planta. Pensé que madre estaba ingresada y, por ello, no pudo, lo cual, en cierta manera, me preocupó y me hizo sentir culpable. Mi mente se nubló al pensar que la muerte llamaba a su puerta. Vi entonces un calendario que anunciaba que ya llevaba ni cinco meses ingresado, como pensaba, sino nueve. Pronto llegamos a la habitación. Unas paredes verdes. Estaba sola y una cunita de hospital era su compañía. Las lágrimas cayeron de mis ojos. Pensé que había vuelto con padre y no quería que volviese a sufrir. Sabía que le amaba, pero él solo le hacía daño. No sabía tratar a una mujer. Entonces me invitó a acercarme. Me pidió perdón y me dijo que no llorara. Fueron esas lágrimas amargas convertidas en azúcar al escuchar su voz.

—Saluda a Eric. No es solo tu hermano, sino también tu hijo.

Ya dijimos que esta historia era bastante sensible. Y aunque me gustaría decir que es imposible que estos hechos sucedan y simplemente es ficción, no puedo.

Desgraciadamente, este tipo de historias suceden y en muchas ocasiones, más habitualmente de lo que deseamos.

Vamos, por ende, a nuestra siguiente historia. En esta he decidido hablar de la enfermedad de Lou Gehrig, acrecentada por trastornos en la infancia, y de este modo disociando nuestra realidad. De este modo, podemos ver también cómo esas heridas en nuestro corazón pueden causar un daño irreversible muchas veces.

De nuevo propuse un personaje masculino. Y ya que, en parte, o quizá no, no quiero haceros un avance innecesario.

Este hecho puede deberse a los efectos de la medicación, lleva este título: *Julio y el efecto de la medicación.*

Lo último que recuerdo es sostener el cuchillo en la mano derecha y el pene del amante de mi mujer en la otra, y ver sus cuerpos ensangrentados en la cama. Y ahora, que estoy en esta habitación blanca, no hacen más que reproducirse esas imágenes en una tela blanca, con un reproductor de DVD blancos. Supongo que será cierto, pero en caso de serlo, ¿cómo pudieron grabarlo? ¿Acaso es un falso recuerdo? Intento moverme para acercarme a la televisión, pero no puedo; tan solo puedo mover los ojos. Es como si tuviera Lou Gehrig, una enfermedad en la que tan solo puedes mover los ojos. Se acerca un hombre con una bata, pantalones y camisa blanca. Ese hombre me suena. No puede ser. Es el hombre que estaba acostándose con mi mujer. Es el hombre a quien asesinó y cortó el pene.

El hombre me saluda. Dice que lamenta mucho mi muerte, que llevaba mucho soñando con la mujer con la que está casado desde hace 20 años. Me muestra una foto de mi amada Isabel. De nuevo en vano, trato de moverme. No puede ser. ¿Acaso toda mi vida era una mentira? ¿Por qué, entonces, me pareció tan real?

»Llevas mucho en el manicomio; por ello, te pusieron una inyección para tranquilizarte. Por desgracia, te causó la muerte.

Eso no era cierto. Yo estaba vivo. Respiraba. Mi corazón latía. Estaba aquí, en este mundo. Y lo del manicomio no podía ser real. Yo vivía hace años con mi mujer, nunca me interné en un manicomio. ¿Qué estaba pasando? ¿Por qué todo era blanco?

—Bueno, Julio, llegó la hora. Vamos a comenzar la autopsia.

Esas palabras helaron mi corazón. Incluso hicieron que me desmayara unos segundos para volver a ver mi vida, a mi amada Isabel, pero se volvió negro. Empezaba a ver el manicomio, a Isabel como enfermera. Esto no podía ser real. Yo estaba casado. Yo tenía hijos. No era real. No sabía qué me estaba pasando. Para cuando abrí los ojos, la televisión desapareció. Sabía que había visto algo en la televisión, pero no recordaba exactamente el qué. La locura comenzaba a apoderarse de mi ser, de mi pecho. Ese hombre que decía ser el marido de mi mujer, ese hombre me estaba abriendo el pecho. Viendo mi corazón sentir el bisturí cada vez más y más cerca, y no podía hacer nada.

Solo podía mover los ojos. Nada funcionaba. De nuevo, me desmayo. Esta vez veo a mis padres. Ellos dialogan sobre qué soy una carga. Mi padre decide entonces llevarme en coche. Lo recuerdo bien. Me llevarían a la casa de mi amada Isabel. Bueno, a la de prima que era su vecina. De nuevo, todo se volvió negro. Estoy en un lugar oscuro, blanco.

Es un psiquiátrico. Mi habitación blanca. Y allí está Isabel, de blanco. Es mi enfermera. No podía creerlo. Todo este tiempo, todo fue mentira. Una burda ilusión. Nada es cierto. Mi familia me abandonó. No me dejaron por falta de dinero, sino porque les molestaba. Mi amada Isabel, en realidad, era mi enfermera, y su marido, un forense, que ahora me está abriendo el pecho. Cuando lo abre, ve que mi corazón aún late. Lo cierra rápidamente y sale corriendo. Empiezo a llorar. Eso sí puedo hacerlo, pero de nuevo la soledad me cubre. He descubierto que mi vida es una mentira, que soñaba que tenía la mujer perfecta, pero en realidad es una enfermera con un novio forense; luego, su marido. Que mis hijos no eran míos porque jamás estuvimos juntos. Veinte años han pasado así. Quizá por la medicación lo imaginé todo aquello. De nuevo, aparece el forense. Y también Isabel, tan hermosa como siempre. Me toman el pulso. Ven que estoy vivo. Me diagnostican Lou Gehrig. Es cierto. Solo puedo mover los ojos, pero mis lágrimas surgieron de nuevo al verlos besarse y no poder hacer nada.

En este caso, la historia sí que es ficticia y casi imposible que pase. No me arriesgaré a afirmar su imposibilidad y en algún momento pueda volverse ficticia, pero aquí vemos un hecho muy interesante: el mero hecho de cómo muchas veces, para evitar una realidad tan dolorosa, recurrimos a imaginar una vida perfecta. Lo cual no representa necesariamente un problema siempre que sepamos diferenciar realidad y ficción. Algo que, desgraciadamente, aquí no ocurre. Y por ello posiblemente vemos como nuestro protagonista tiene ese dolor tan fuerte al darse cuenta del engaño presentado por su propio cerebro.

4. El cerebro huye

Parte I

Nadie escucha lo que sus oídos oyen, nadie ve lo que sus ojos observan

Si bien antes hemos visto una historia en la cual una madre era capaz de abusar de su propio hijo, vamos a ahondar más profundamente en ese tema en este capítulo, con el único pretexto de ver hasta qué nivel pueden llevar esas enfermedades.

Comenzaremos con una historia de una niña. Y ya que antes hemos hablado de los roles asociados, vamos a hablar con Barbies. Por ello, esta historia lleva por título *Mattel y su realidad*.

Me acuerdo cuando tenía 10 años. Era una simple niña que estaba jugando con sus Barbies como cualquier niña de su edad. Entonces escuché el crujido de la puerta. Una niña se quedó a solas con su padre. Un padre se acercó a ella y le dijo que si sabía lo que Ken y Barbie hacían cuando todos se habían ido, cuando ellos se quedaban a solas.

Tras este infierno que pasé estando a solas con mi padre y lágrimas en los ojos, volví a oír un crujido de la puerta. Mi boca estaba muda y mi lengua manchada de dolor y otras cosas. Mis oídos impregnados de las palabras: «Si dices algo, destruirás mi matrimonio y, por ello, te mataré».

Y es que, aunque quisiese, era imposible susurrar ni tan siquiera una palabra. Mi mente estaba pensando en todo lo que había pasado e intentando asimilarlo. Mientras, mi padre secó mis lágrimas y dijo que, sin querer, me había metido yo misma los dedos en los ojos, claro está, como decía él, sin querer, y por ello estaban rojos. Y como ya era habitual, no me llevaron a urgencias. Ese fue el principio del infierno, al cual le seguirán golpes en las playas o un golpe con tal pérdida de memoria que haría que yo borrara este hecho, hasta el momento en que huyera del infierno y mi medicación bajase. A los veinticuatro años, porque si recuerdo también todo el dolor, dejar pastillas del TDAH para comenzar con las antidepresivas y el agua con misterio comenzaba a volverse habitual en mi estómago. Del mismo modo, pasaron los ratos con humos. Quizá fuera por la evasión que me proporciona o la facilidad para no sentir el dolor que estos hechos provocan en mi carne.

Y, aun así, siempre la misma frase en mi cabeza, repetida incesantemente por mi madre, que se atormentó un día infernal por la luz que provocó el daño de mi padre, ocultado como un gran secreto, ingresada en psiquiátricos tras esto, obligada a ser ocultada, a ser la vergüenza familiar.

Recuerdo ese momento en que todo se detonó. Recuerdo que las Barbies ya no me parecían lo mismo. Recuerdo que una Barbie vive una vida en la calle y un infierno en casa. Yo era esa Barbie y mi padre era ese Ken. Con la diferencia de que mi padre ya tenía una Barbie: mi madre. Y ambas compartimos la ausencia de amigos, pues sí los teníamos. Inmediatamente nos quitaba mi caso, cambiando de teléfono. En su caso, ya estaba tan acostumbrada que les dejó atrás sin más.

Así que, en este recuerdo, te animo a ti, lector, si pasaste por algo similar o conoces a alguien. A pesar de lo duro del recuerdo, vayan a comisaría. Es una situación dura y desagradable, pero quizá sea la única forma de pararles y también de detener el recuerdo, o en su defecto, el dolor que ocasiona.

Porque si ese día pasó algo horrible, algo que jamás podré olvidar, pero poco a poco lo voy superando. Y sí, no puedo cambiar el pasado, y tampoco quiero, porque quizá eso cambiaría mi personalidad o haría que yo estuviera dibujada con tiza, a seis pies bajo tierra, sin saber nunca quién fue en realidad.

Y si aún recuerdo el día en que Ken y Barbie se quedaron a solas, y a esa Barbie tan solo diez años, su padre Ken se bajó el pantalón para luego introducir su pene en la boca de la niña y correrse dentro. Para luego, más adelante, pasar a zonas más íntimas hasta el punto de llegar a odiar ciertas zonas de mi cuerpo. Y saltar de cama en cama o de botella en botella para limpiarse no solo la boca o la zona íntima, siempre intentando olvidar lo que Ken le hizo a su hija Barbie. Aprovechando que su mujer y sus otras hijas se fueron a comprar.

Aquí podemos observar una historia de abuso infantil que, aunque no lo parezca, puede ocasionar muchos problemas en la vida adulta. Pues muchas veces imitamos los roles de nuestra infancia e irrevocablemente, si no se tratase este hecho de la manera correcta, podría acabar casada con un narcisista y repetir de nuevo la historia. Todo esto sin contar que cuenta ya con TDAH, o que puede acabar con varios tipos de trastorno, como el de estrés postraumático.

En esta historia nos volvemos a centrar en el duelo. En la imposibilidad de superar la pérdida de un ser querido, pero desde otro punto de vista. Debido a la cantidad de medios que disponemos y la amplitud en la cartelera del cine de terror, vamos a imaginar qué pasaría con un duelo no superado y el esoterismo. Por ello, lleva por título *Un amor intocable, salvo por la muerte.*

Aún recuerdo a mi amigo Juan. Antes de que todo pasase. Antes de que hiciese lo que hizo.

Juan era un chaval al que conocí en la escuela. Ahora trabajaba de contable en una oficina. Fue entonces cuando comenzó lo peor. Todo ocurrió en el momento en que una mujer recogía a los niños en el colegio. Ese mismo día, un borracho arrolló su coche lateralmente. Por desgracia, todos murieron. Juan jamás lo superó. Intenté llevarlo a bares para que lo superase. Entonces cometí un error. Llamé a un espiritista para comprar una ouija. Y así poder despedirse mi amigo Juan.

Todo parecía ir bien.

El vaso se movía.

Fue al día siguiente cuando todo se truncó. Cuando Juan ya no volvería a ser el mismo.

Estaba cocinando y, de repente, oí mi móvil sonar. Era mi amigo Juan. Me dijo que sabía lo que tenía que hacer.

Al entrar en su casa vi un montón de libros. Le pregunté por ellos. Él me dijo que era parte del plan, que había investigado, que ya sabía cómo hacerlo. (Yo lo llamo «el cáliz del amor»).

Dijo Juan solamente:

—Debo invocar un demonio, hacer un pacto con él y que me los devuelva.

Le dije que estaba loco, que no sabía si funcionaría y, en caso de hacerlo, podrían no cumplir con el trato. Podría liberar cualquier demonio o incluso causarle la muerte.

Juan me dijo que no le importaba el precio a pagar. Él tan solo quería recuperar a sus hijos y a su mujer. De pronto, me sentí cansado. No sabía por qué. Tan solo había tomado un té.

Entonces me desperté. Juan llevaba un abrigo negro y una extraña capucha. Quise decirle que parase. Por algún motivo que desconocía, no podía. Estaba atado. Una silla me impedía el movimiento y unas cuerdas, que apretaban fuerte mi garganta, me hacían difícil no mirar. Al principio lo veía hablar. Parecía latín. Las velas se fueron moviendo poco a poco. Juan cogió un cuchillo y se acercó al centro. Al principio pensé que iba a matarme. Estaba atado y no podía moverme, pero no fue así. Una vez en el centro, cortó su mano derecha, se hizo un pequeño corte en esta, tomó un cáliz y vertió su sangre.

De nuevo, las velas comenzaron a temblar. Juan volvió al fondo de la sala, donde esta vez pude ver que le hablaba a una estatua. Entonces, Juan tomó la espada que portaba la estatua. Poco a poco, se fue acercando al centro. Pensé que la empaparía en su sangre y volvería a llevárselo. Esta vez fue diferente. Juan continuaba hablando en latín. Cada vez estaba más cerca de mi nombre. Sentí la espada punzante atravesar mi corazón. Aún con vida, en mis últimos momentos logré vislumbrar un demonio, o eso creía. Era una especie de hombre con cuernos de vaca, cola de mono y una especie de tenedor gigante, un tridente. Entonces morí. Y mientras estaba cruzando hacia la luz, vi tres figuras salir de ella. Era mi amiga, la mujer de Juan, y sus dos hijos, un niño y una niña. Me habían sacrificado para traer de vuelta a los muertos. No sabía si alegrarme o entristecerme, pues en mi vida lo único bueno era Juan, un hombre al que amaba en secreto desde la escuela. Aun así, me alegré por él cuando comenzó a salir con Laura o por el nacimiento de sus hijos. Tampoco tenía amigos aparte de Juan. Este era mi destino: formar parte del cáliz de amor de Juan para que él pudiera recuperar lo que le quitaron, el amor de su vida, su descendencia, a costa de un amigo que apenas tenía vida.

En este caso, podemos ver un posible abuso de drogas y esoterismo que, llevado al extremo y sumado al dolor que está pasando, podría en una situación ficticia tomar un desenlace muy parecido a este.

Ya hemos hablado aquí de la importancia del amor y la amistad, pero ¿qué pasaría si una sociedad lo impone como normal? Y, ¿tú acabas de llegar a esa ciudad? Ya se complica, ¿cierto? Esta historia lleva por título *La ciudad a la que se traslada un muchacho que intenta encajar. Mapuche.*

Mi nombre es Raúl González. Mi vida era cuidar el ganado y la agricultura. Iba al colegio a veinte cuadras de mi casa. Todo iba bien hasta que un día mi madre decidió que esa vida no era para alguien como yo. Me compré un día gris, no recuerdo cuál, un billete rumbo a un lugar desconocido para mí. Debía coger el bus y volar a un lugar llamado Londres.

Eso es lo que pasó acá hace tan solo dos semanas. Por ello, hoy decidí atreverme y coger el metro, ya que empezaba a trabajar en una oficina. Todo iba bien hasta que esas terribles puertas se cerraron.

Descubrí que era la claustrofobia. Voces que pronunciaban palabras que no conocía. Palabras que se enredaban como besos que enredan en lenguas como lianas. Entre ellas, como si no existiese más. Ya si eso me era incómodo. Una mujer comenzó a hablar por una especie de caja. ¿Cómo se metió ahí? ¿Quién era? No entendía nada. Entonces vi un asiento libre y decidí sentarme. Entonces, a los cinco minutos, un joven se me acercó y me gritó algo en inglés. Algo que entendí y que podría traducir como «fuera, es mi sitio». «Alguien como tú no debería sentarse».

—¿Alguien como yo? —le respondí, ya que no entendía nada.

Una mujer se me acercó. Pensé que también quería mi asiento, así que decidí levantarme para evitar problemas, pero, en lugar de eso, la golpeó en la cara y le dijo que me dejase en paz, que si quería estar sentado, que él llegara antes. La mujer la miró y con eso, y el golpe, le bastó para achantarse e irse corriendo, llorando. Me reí. Era la única que me había defendido. Me preguntó si era nuevo en la ciudad. Yo afirmé con la cabeza. Ella me dijo que no me preocupara. Me explicó que esas cajitas extrañas eran altavoces de donde salían voces grabadas. Me sentí mucho más a gusto. Entonces me dijo que me acompañaba al trabajo. No iba sola, iba con su pareja y unos amigos más. Uno de ellos me llamó la atención. Me dijo que se llamaba Isaac. Al frenar el tren y lanzarse encima, quizá por el frenazo, mi corazón se paró. Y, como fui a gritar del susto, sin esperarlo, le besé sin querer, debo alegar. Él me correspondió. Me estaba acelerando el corazón. Él me dijo que no me preocupara y me volvió a besar. Me asusté al ver al altavoz *volver a hablar. Isaac me volvió a besar para calmarme. Nunca me sentí tan bien y a la vez tan preocupado. Era mi primera vez en el metro. Él me pidió salir. Así empezó una relación en el metro. Entonces el altavoz o, mejor dicho, esa cajita volvió a hablar. Esta vez para anunciar que esa, precisamente esa, era mi parada. Isy, como ahora lo llamaba, tomó mi mano mientras la puerta se abría, pero no consiguió abrirse. El tren se había estropeado. No se abrían ni cerraban las puertas. La gente, en mil idiomas, gritaba, farfullaba, y nadie entendía. El conductor, con palanca en mano, dijo que no nos preocupáramos, que él controlaba. Ya comenzaba a salir la gente. Alguien me golpeó e Isy soltó mi mano debido a ello. Le vi alejarse empujado por la multitud. Todo daba vueltas y vueltas. Me mareaba. Para cuando salí, no le veía, parecía haber desaparecido. Alguien dio toques en mi espalda. Pensé que era él, pero no. Era el hombre de antes. Antes de que pudiera golpearme, Isy apareció. Me protegió y esa mujer volvió a golpearlo. Su novio me hizo gracia cuando gritó «KO técnico». Y así empezó mi relación, y ya podía ir a trabajar.*

Luego habría quedado con mi nuevo novio para volver en metro.

Aquí vemos varios factores que han podido influir en ese cambio. El primero de todos, y quizás el gran cliché, es el cambio del campo a la ciudad y cómo al pensar en estos cambios tratamos de acostumbrarnos a un modelo que pensamos que es así, pero no realmente lo es.

Parte 2

Romper con mi bastón

Muchas veces nos encontramos con personas que, más que amigos, familia o hermanos, parecen nuestro sustento y, quizás por ende, muchas veces equivocadamente pensamos que son la única razón que tenemos para vivir. Lo cual es un grave error, ya que, en caso de partida, nos afecta más de lo que pensamos. Y por ello, la primera historia de esta parte, al tratar en Japón, lleva por título *Un japonés y su pérdida.*

Fue terrible verlo caminar por ese bosque, solo, triste y pensativo. Ese bosque que le hizo perder la sonrisa hace ya algunos años, y del que aún no había logrado recuperarse. Ese bosque que le hizo perder la cordura el mismo día que perdió esa partida de Mahjong frente a ella y que acabó arrancándole lo que más deseaba.

Habían pasado ya cinco años desde que Diazian se había ido. Y lo único que había dejado era el envase. El envase de un cuerpo que sufría. Ya no aguantaba el bullying que sufría desde la escuela hasta ahora. En el trabajo nadie le aceptaba. Nadie veía en ella esa alegría que la caracterizaba. Ese brillo que hacía que todas la envidiaran. Se apagó. Hasta que un día no pudo más.

En el trabajo habían puesto las fotos de la noche anterior, en las que el jefe estaba aprovechando el uso de polvos. Lo vertió en su vaso. La anuló la voluntad y abusó de Diazian.

Ella, al verlo entre lágrimas, corrió al bosque. Ese bosque que siempre le trajo calma, que la ayudaba a relajarse. Entonces se dirigió a Xialan, un pequeño ciervo al que tenía mucho cariño.

Entre lágrimas, lo abrazó y comenzó a escribir. Escribió esa carta que tanto la hacía llorar. Esa carta que llevaría sus últimas palabras:

«Toda mi vida he recibido golpes, la muerte me recogerá en sus brazos. Me cantará mi última canción de cuna mientras bailo por última vez en mi bosque favorito».

Y así fue. Ella fue quien inauguró en Japón aquel bosque. Ese bosque hermoso que la arropaba y que actualmente llamaban el bosque de los suicidas. Todo lo comenzó ella, por un dolor que no aguantaba. Extrañamente, a raíz de su muerte, mil más se desencadenaron en la zona. Ya nadie se atrevía a acercarse. El paisaje era desolador. Miles de cuerpos colgados como perchas en un perchero de una tienda. Eso era lo único que quedaba. Ese dulce olor a miel y flores ya hacía tiempo que había dejado paso al olor de la carne pudriéndose y abriéndose poco a poco. Era algo desolador. Lo triste es que nadie conocerá nunca su verdadera historia, pero yo siempre la recordaré como lo que era: una luchadora. Hasta el día en que la vida la mató. Era tan amable que incluso la muerte la quería solo para ella. Cuentan incluso algunas leyendas que ha pasado a ser la amante de la muerte. En cualquier caso, hoy lo descubriré. No puedo seguir cargando con su pérdida añorando que vuelva.

Cojo un taburete. Una cuerda. Me dirijo al bosque.

Le doy un beso por última vez al esqueleto que quedó de ella. Me coloco en el árbol de enfrente. Comienzo a escribir mientras ato el nudo a la soga. Mil recuerdos con ella van pasando por mi mente. Como la vez que nació. Cuando mi madre se fue. Cuando padre quiso abusar de ella, me interpuse. Padre se fue. Intenté salir. Pensé en vivir. Entonces, antes de poder desatar la cuerda, el taburete se cae y mis pies quedan colgando. Mientras me voy, veo una sombra. Es mi hermana. Después de tanto tiempo, he vuelto a verla. La agarro de la mano. Juntos pasamos y ahora estamos a punto de estar juntos esta vez para siempre.

«Un nuevo suicidio se ha producido en el bosque de los suicidas. Nadie sabe por qué esta vez ha sido delante de la primera víctima. La policía apunta a que fue el hermano de la víctima, Saske Fujimoto, de unos 42 años. Nunca superó la muerte de su hermana, lo que le llevó a esta desesperación. Ha informado Sukire Momoto. Gracias, y ahora pasemos al tiempo».

Aquí podemos ver cómo el duelo, si no se supera, es difícil de asimilar, pero, si además esa persona era nuestra vida, nuestro bastón, podríamos decir. Al irse, nos encontramos indefensos, como si nos faltase algo para caminar en la vida y, por ende, acaba llevando a ese tipo de final.

Del mismo modo que idealizamos amigos y familia, podemos idealizar ser otra persona. En este caso, escogí un personaje histórico. Les diré el título, a ver si imaginan de quién hablo: *Un día en Transilvania*.

Todo comenzó una mañana al despertar. Mi cama, que siempre me pareció cómoda y confortable, lo era más que de costumbre. La suavidad que se notaba en las mantas era cada vez mayor. No podía entender nada. Decidí levantarme. Fue entonces cuando me di cuenta. Esa cama era mucho más grande. No era mi cama habitual. No entendía qué pasaba. Incluso la ropa que llevaba era diferente. Mis manos eran más finas y suaves de lo que estaba acostumbrada. Entonces lo vi. Vi un espejo. Y decidí reflejarme, ver quién era. No podía creerlo. Esos ojos azules eran inconfundibles. Ese pelo rojizo ya detonaba su semblante. Era ella. Era Erzsébet Báthory. Se me vino a la cabeza mi marido, Albert, el señor Fisher. Un gran asesino, y ahora yo le había podido superar. Jamás imaginé algo así; podía ser posible. Era la mejor asesina de la historia.

Decidí bajar para ver qué había de desayunar. Debía aprovechar ya que era la primera vez que cocinaba para mí. Debo admitir que esperaba unos huevos revueltos con beicon, ya que era algo que adoraba preparar, pero no. En su lugar, un kifli o pan seco coronaba la mesa. A continuación, un poco de fresas, manzanas o arándanos. Pedí un poco más de mermelada para untar el pan y tener así un mejor sabor. Una de las jóvenes se acercó. Me dijo que sobró un poco del día anterior, de lo que siempre usaba para cualquier comida. Que era extraño en el desayuno, pero no le importaba. Rápidamente trajo un extraño tarro de cristal. Estaba frío como el hielo. Imaginé que había estado toda la noche a la intemperie para conseguir esa temperatura. Agarré el cuchillo y lo fui metiendo poco a poco en el tarro. Lo unté en el pan. Lo cogí y me lo llevé a la boca. No sabía qué era. Era un sabor que no reconocía. Tenía un toque a hierro; imaginé que sería por el tarro en el que estaba. Decidí cogerlo y mirarlo de nuevo. Parecía estar vivo; a pesar del frío, aún burbujeaba. Imaginé e imaginé, pero no conseguía saber qué era. Entonces fue cuando terminé mi pan, las frutas y verduras.

Subí de nuevo. Contemplé ese bello rostro de nuevo. Y entonces lo vi. Ya sabía qué era esa extraña mermelada. Teniendo en cuenta lo principal y quién era, era obvio que acababa de beber sangre. Al caer la tarde, oí golpes en la habitación. Trataban de apresarme, de matarme. No lo iba a permitir. Escuché la técnica de Albert mil veces. Así que agarré una espada que sostenía una de las figuras. Venía el primer hombre. Comenzó el duelo. Una vez le quité la espada, le agarré con el pie de la cabeza y le clavé la espada en lo más profundo de su pecho. Casi no me dio tiempo a sacar la espada cuando el segundo vino por mí. De nuevo conseguí desenvainar. Esta vez, al no conseguir tirarle al suelo, cogí y le atravesé el cuello con la espada.

Y así fue toda la tarde: hombres cayendo y muriendo. Ya estaba cerca de la puerta. Tan solo debía bajar las escaleras.

No recordaba que llevaba un vestido tan grande. A pesar de que los tacones no eran muy altos, ansiaba ya terminar con esto. Un hombre comenzó a cerrar la puerta.

Querían encerrarme. Recordé que, si lo permitía, ella jamás saldría y me quedaría allí encerrada por siempre. Corrí, todo lo que pude. El vestido se me enredó en el zapato y caí. Me golpeé la cabeza. La sangre comenzó a salir. Y solo pude observar cómo el guarda cerraba la puerta y, de ese modo, la libertad que acababa de ganar se esfumaba. La puerta se cerró al mismo ritmo que mis ojos lo hacían, quizá para despedirme o, quizá, para decir «fue bonito mientras duró».

Podemos ver, al igual que en el caso anterior, cómo esa idealización le lleva a actuar como esa persona. Y, posiblemente, le lleve a acabar de la misma manera, pero las redes que construyen la vida nunca sabemos dónde nos llevarán.

Pero, hablando de redes, vamos a imaginar un trabajo donde tu vida sea tan rutinaria que cualquier escape se dé por liberación. Por ello, vamos a hacer esta historia de ficción. Decidí llevar por título *La tejedora griega de Aracne*.

Ya estaba cerca de la última muda de piel que necesitaba cuando alguien se acercó. Justo antes de terminar el proceso, la vi. Era la famosa tejedora de pieles. Recogía mudas y con ellas trataba de hacer nuevos elementos. Mi instinto fue intentar atacar. Sabía que si acababa con ella sería un héroe, pero entonces vi esos ojos dulces como el mar. Esa piel tan fina… Entonces, algo en mí sucedía que no lograba entender. Mi piel se erizó y mi aparato reproductor se puso firme. No sabía qué ocurría.

La muda seguía cayendo. Ella entonces la cogió. Fue en ese momento cuando me vio. Al principio pensé que se asustaría, pero no. En su lugar, me preguntó si podía acariciarme. Como no podía hablar y apenas la veía, me acerqué como pude.

Y la vi.

Era aún más hermosa en persona.

—Mi nombre es Edwina, soy una tejedora de mudas. Hoy voy a aventurarme en el bosque. He oído que las mudas son mejores por la noche, pero en el pueblo dicen que también es peligroso.

Ciertamente, pienso que simplemente serán mitos y habladurías del pueblo. La razón es sencilla: al no ir casi nadie, los pocos que van se llevan las mejores. Todo está yendo bien. Ya llevo unas diez. Se nota que la época de apareamiento ha sido hace bastante poco, pues es en esa época cuando se desprenden de sus mudas. Y esta es la última.

Entre los arbustos comienzo a escuchar un ruido.

En lugar de que me entre miedo, voy en esa dirección. Una hermosa muda brilla entre ellos. Es grande. Muy grande. Y sé que si consigo esa, no tendré que trabajar en mucho tiempo. Incluso puede que consiga jubilarme. Y, por fin, comprar ese terreno que tanto deseo, sin olvidar la fama que habré conseguido gracias a ese tamaño.

Para cuando por fin llego a la muda, no puedo tirar de ella. Es como si algo la estuviera sujetando. Entonces es cuando comprendo que mi teoría es cierta y los del pueblo, simplemente, querían cogerlas de noche.

Una criatura sale. Aún estaba mudando, ¿qué sería? Nunca antes había visto nada igual. Es bastante grande, algo dentro de mí me hace entrar en calor, pero no es miedo; eso se siente diferente.

No, es la curiosidad.

Le pregunto si podía acariciarla. Ante mi asombro, él se acerca. Es hermoso; antes me podía haber parecido un animal, un ser extraño, pero por algún motivo ya no me lo parece.

Decido tratar de acariciar su piel, lentamente, para evitar que se enfade. Cuando acaricio su piel, me transmitió calma. Es la primera vez que tengo un Alsofokus tan cerca. Si los del pueblo me viesen, posiblemente, me tacharían de loca, pero hay algo que me impide alejarme.

Estamos cerca de la gran pirámide de Quetzalcóatl. No sé cómo me acerco a lo que parece una boca y él se aproxima a la mía. Nuestros labios se juntan y nuestras lenguas se fusionan. Un leve pensamiento, como una mariposa aleteando, aparece ante mí y me vislumbra la mente. «¿Es esto correcto?».

No entiendo qué pasa. Solo sé que lo necesito. Su muda cae. Y entonces lo veo. Donde debería haber un pene, en su lugar hay dos. No, quería quejarme. Así que comienzo a quitarme la ropa; bueno, más bien los zapatos, que llevo un rato andando.

Luego dejo paso a los calcetines para sentir la tierra. No entiendo bien por qué lo hago, pero es como si dentro de mí hubiera un impulso que me obligase a ello, como si esto no fuera mi decisión.

No sé qué hacer ni si era su plan. Así que comienzo por la camisa, desabrochando los botones poco a poco, pero es cuando más vergüenza tengo y mi pecho comienza a asomarse que él empieza a acercarse más y a situarse encima, como si supiera qué hacer, lo cual me hace sentir extraña e inquieta. Nunca había llegado a este punto con ninguna criatura. Por mucho que los jóvenes en el pueblo quisieran acostarse conmigo, siempre acababa negándome, diciendo que tenía otras prioridades, como mi trabajo.

Me encanta tejer.

El Alsofokus comienza a tocarme del pecho, y mil gemidos salen de mí.

¿Por qué me negué a esto durante tanto tiempo?, es la única pregunta que aborda mi cerebro.

De pronto siento cada vez más una necesidad que hace que se acelere el desabrocharme los dos últimos botones que quedaban en mi camisa. A continuación, me quito el pantalón. En ese momento, el Alsofokus se quita de encima. Para dos segundos.

Mi cerebro solo piensa en que la he fastidiado. Así que, avergonzada, voy a coger el pantalón.

Pero es justo antes del momento en que pudiera cogerlo que se vuelve a aproximar. Y, sin darme cuenta, se coloca encima de nuevo: uno por delante y otro por detrás. Nunca había sentido nada así. Comprendo por qué mis amigas están toda la noche de hombre en hombre.

Mientras sus ocho patas me tocan el pecho, nuevamente los orgasmos salen de mi cuerpo. Nunca había sentido algo tan excitante. Y así es.

Poco a poco, dentro-fuera.

Todo es intenso y excitante. Los orgasmos salen solos y, al correrme, pienso que se molestará, por eso tardo un poco, ya que nunca antes había hecho algo así. Pero entonces pasa algo que no imaginaba. El pene que tenía en la vagina era tan especial que comenzó a sorber ese líquido. Era increíble; parecía que me lo estaba comiendo mientras me la metía por delante y por detrás. De nuevo, un orgasmo más. Y así toda la noche, gozando y follando. Era la primera vez que lo hacía con este ser. Él mete uno de sus tentáculos en mi vagina, aprovechando que se ha dilatado. En ese momento, él comienza a correrse, así que saca el tentáculo. Aproxima el tentáculo a mi boca con la mezcla de ambos líquidos y comienzo a sorber. Era delicioso.

Al terminar, deseo más, pero algo pasa. Mi cuerpo empieza a arder. No entiendo nada nada. Mi piel comienza a caer. Está solo el músculo. Él me guía a su casa y me cura. Tiempo después puse la televisión. Cuál fue mi asombro al verla.

«Hace cinco años, la tejedora de mudas, Edwina, desapareció. Hoy hemos hallado restos de su piel».

No entiendo nada. Solo habían pasado dos días. Entonces me explica que en el bosque cada día eran cinco años solo si se mantenían relaciones. No me importó y deseé que pasaran cinco años más. Cosa que ocurrió.

Bien, en esta historia, si solamente nos centramos en la superficie, nuestra lectura confronta, por tanto, en la literalidad de esta. Nos parecerá muy perturbadora y, sinceramente, carente de todo sentido, pero debemos ver a qué hace alusión.

Como hemos dicho al comienzo, antes de comenzar a narrar estos hechos, vemos a una chica que está completamente obsesionada con su trabajo.

Partiendo de este punto, quizás ya no sea una historia tan ficticia. Decidme, mis queridos lectores, ¿cuántos de aquí estamos tan ensimismados con nuestro trabajo que algunas veces incluso parecemos osos en invierno? Donde la cueva es, en este caso, nuestro lugar laboral.

Respecto al Alsofokus, podríamos decir que es la adicción al trabajo. ¿Cuántas personas hemos conocido o incluso puede que alguno de nosotros haya desarrollado una adicción tan grande al trabajo que muchas veces parece que dedica más tiempo a esto que a su vida real?

Por eso la historia concluye con que ella piense que pasaron dos días cuando en realidad pasaron cinco años. Esto hace alusión a esas personas que dicen la típica frase de «cinco minutos más y salgo», pero no es hasta pasadas las cuatro o cinco horas cuando salen de su trabajo. Hay que recordar que si trabajamos es para vivir, no al contrario. No es vivir para trabajar.

5. El caos interno

Este es, quizá, uno de los capítulos más especiales y, a la vez, más extraños del libro. Aunque pueda parecer que ya hemos recorrido los peores aspectos del ser humano, aunque pensemos que las historias no pueden retorcerse más, esto no es necesariamente así. El objetivo de este libro no es retorcer las historias, sino, a través de relatos que impacten al lector, dar a conocer hasta qué nivel puede llegar el ser humano. Y lo más importante, de dónde radican todas esas maldades.

Porque, si bien es cierto que muchas enfermedades mentales vienen de nacimiento. Otras, en cambio, nos vienen generadas por diversos factores. Algunos pueden ser condicionados por hechos traumáticos en alguna de las etapas de la vida, como la infancia, la adolescencia o la etapa adulta, pero otras, en cambio, son generadas por las diferentes decisiones que tomamos a lo largo de nuestra vida.

Para el primer relato de este capítulo he decidido imaginar esto: ¿qué pasaría si uno de los peores dictadores hubiera tenido una infancia difícil y ello acrecentara esa situación? También hago hincapié en las distintas variables que pueden surgir a raíz de un hecho. Lo explico para continuar el análisis de cómo la sociedad puede influir en estos factores. En ningún caso lo hago por defender estas conductas. Aclaro esto por si acaso algún lector resultase herido en estos hechos.

Pues veamos, por tanto, esta historia ficticia. El cómo esta historia tan ficticia podría también desencadenar unos hechos similares a los cuales vivimos y que lleva por título *Alemania y sus fotos*.

Voy a visitar la vieja casa de mi abuela, algo que me cuesta bastante desde que se fue. Quiero recoger sus últimas cosas antes de despedirla, decido ir alrededor de las 4:00 a. m. para llegar a tiempo al tanatorio y no dejarla sola. Al cruzar la puerta, mi sorpresa es enorme. Veo un alma errante paseando por allí; por un momento pienso que puede ser mi abuela, es mi oportunidad, puedo despedirme de ella. Al volver la vista, lo único que porta es una foto; quiero ver más de cerca cómo es. Intento acercarme. Le pido que me la enseñe, pero al mirarme veo unos ojos tristes que me hacen dudar si es realmente o no mi abuela; también se ve joven.

Y entonces aparece la foto.

No recuerdo haber visto esa foto ni tan siquiera en el dormitorio de mi abuela. La foto del hombre que estaba allí. Por fin lo veo, no es mi abuela, es una mujer joven, con pelo cortito y el rostro va tomando forma, pero está desangrada y con alguien en brazos; parece ser alguien a quien protegió.

¿De qué le protegió si acaba de nacer?

Al parecer, lo atacó ese ser, el sicario de la fotografía, por eso no para de señalar hacia él con el dedo. Hacía fotos a sus víctimas antes de morir; parecía ser un método de tortura bastante horrible y habitual. Escucho abrirse la puerta y veo a un hombre con una cámara. Se gira hacia mí. Sus palabras me sorprenden.

—*Mi jefe huyó, aunque dicen que se disparó. Tu abuela intentó detenerme, solo porque su madre murió delante de mí, y gracias a mí. Ahora, es tu turno.*

Y un clic anuncia lo inevitable. En el siguiente momento, me veo cruzando la luz mientras un agente de policía intenta averiguar qué ha ocurrido. El policía mira con una cara triste.

—*Aún no lo atrapamos; ese hombre verdugo de las SS sigue suelto, y ahora esta mujer ha pagado por él.*

No logro escuchar más; el aro de luz me atrapa. Logro atravesar el umbral.

Ante tanto dolor, siempre existe la generosidad de las personas cuando están pasando lo que posiblemente sea el peor momento de sus vidas. Ya hemos visto un montón de posibles situaciones que pueden llevar a las personas a esos puntos en los cuales todo es doloroso. También hemos visto la raíz del origen. Esta historia transcurre en Francia. Por ese motivo, quizá le haya puesto este título: *Lo oculto en calles francesas.*

Estaba paseando por la plaza cuando alguien se cruza y choca en mi camino. Lo primero que pienso es gritar:

—*¿Por qué me empujas?!*

Entonces cae el pan que llevaba agarrado en una bolsa. Entonces la miro; sus ojos cada vez más enrojecidos y su mirada ausente en ocasiones. Mi intención era preguntarle por qué, pero no podía apartar la vista de sus ojos. Sus ojos vacíos. Su movimiento tembloroso me hacía pensar que quizá me empujó porque necesitaba algo de ayuda, y sin saber el motivo, me eligió. Eso me hacía intuir que algo pasaba y debía ser grave.

Y así era; su extrema delgadez tampoco ayudaba. Parecía no haber comido desde hace bastante tiempo.

Decidí entonces llamar a una ambulancia.

En cuanto llegamos al hospital, me preguntan si la conozco de algo. Yo lo niego y digo que solo quería ayudarla. La atendieron enseguida, supongo que por el estado en que la vieron. No sabía por qué, pero sentía que debía quedarme, al menos hasta que viniera un familiar. Las palabras del doctor helaron mi corazón.

—Gracias por ayudarla; perdió a toda su familia y por eso recurre a las drogas. Ya puede irse.

Mis alarmas saltaron y las lágrimas ya corrían por mis ojos. Le dije al doctor que no entendía por qué estaba sola y si podía quedarme, al menos para que no estuviese sola tanto tiempo. El doctor asintió mientras me explicaba que tenía que ver a más pacientes. La mujer despertó, me miró y me agradeció que me quedase. También pidió disculpas por haberme golpeado y que no era su intención. Ella me dijo que no tardarían en venir y que podía irse, si quería. Le dije lo que el doctor me había dicho y, al verla enrojecer, le dije que no era justo estar sola, que a mí me abandonaron y que, si no le importaba, me quedaría con ella.

Muchos de nosotros vemos a una persona en las condiciones de la historia. Muchos de nosotros quizá nuestra primera reacción fue marcharnos y esquivar el problema, pero, llegados a este punto, espero que la mayoría de ustedes, mis queridos lectores, hayan cambiado su perspectiva.

Muchas veces solo vemos las consecuencias de las opciones que toma la gente para eludir sus problemas. Por eso les animo a seguir los pasos del protagonista y ahondar en las causas. Porque, aunque para nosotros no sea nada, quizá con ello logremos ayudar a las personas más de lo que imaginemos.

China es el país de las maravillas. Un país con grandes mitos. Una historia que generó más de mil novelas, pero, a su vez, uno de los países más avanzados del mundo.

Imaginemos a un español, quizá afectado por el esoterismo. Sí, el esoterismo. Eso que hace algunos años podríamos decir que era poco abundante, pero que, cuanto más tiempo pasa, más normal es.

Imaginemos, además, que a esa persona, por no ir a terapia para superar una situación difícil, decide consumir sustancias. Efectivamente, esto le habría generado un aumento de su conducta hacia el esoterismo.

Y ya para concluir, imaginemos que viaja a otro país. Sí, lo adivinaste: tal como decíamos al comienzo, a China. Esta historia se llama *Un español afectado por China*.

El sheisshi, *ese olor tan amado por sus buscadores de efectos y tan odiado por el verdadero olor. Cuenta la leyenda que quien lo huela jamás envejecerá, y podrás traer del mundo de los muertos a quien quiera.*

Y ahí estaba yo, buscando ese olor, ese olor que en realidad era el pedo de un grifo. Perfecto, podéis reíros, pero mi amiga Madame Susai, una de las mejores brujas y videntes, me lo dijo. Así que lo primero que debía hacer era encontrarlo. Debía buscar un grifo. Solo así podría traerla de vuelta, solo así podría volver a ver su pelo y oler su aroma. Pero debo tener cuidado, pues dicen que mata a los impuros. Y no hace falta que lo diga, pero fue mi culpa. Lisa y yo fuimos de excursión. Ella no quería porque dice que iba a haber un derrumbamiento, y la supliqué. Se fue a casa y ya no la volví a ver.

Entonces, ¿cómo explicamos esta enfermedad? Ya son muchos los que empiezan a sospechar que el COVID-19 nació en un laboratorio.

—Doctor Shen Zi, si me permite, tengo una idea. He descubierto que los gobiernos están buscando una cura. Hagamos una «vacuna» con una dosis más elevada de la enfermedad, que al inyectarla en sangre cause la muerte.

—Doctor Yan Li, es usted un genio. Además, hablaremos con más laboratorios para que hagan lo mismo. Además, hemos conseguido reducir la población a un número tan bajo que podremos volver a tener más de un hijo.

Despierto en el hospital; me han dicho que me he contaminado con una cepa llamada COVID. No comprendo; le explico que buscaba el sheisshi y me explica que es un virus mortal y que, en realidad, eso es lo que me enferma, pero están sacando nuevas vacunas. Unos doctores entran para inyectarme la nueva medicina y así recuperarme. De nuevo explico lo del sheisshi. Les explico cómo lo necesito para que ella vuelva a mi vida.

De repente, el silencio comienza a ocupar su lugar.

Empiezo a angustiarme debido al silencio que abruma mis sentidos, como si fuera una niebla que no me deja ver más allá de mis sentidos. Y, de repente, el doctor que está frente a mí parece esbozar una sonrisa.

Efectivamente, así es.

En ese momento, mi ira aumenta. Deseo golpear al doctor, pues no tiene derecho a reírse de mí. En ese momento, el doctor se acerca a mi oído.

—Supongo que tú también fuiste víctima de Madame Susai.

Esa es mi amiga y quise gritarle con todas mis fuerzas, pero algo impedía que mis brazos se movieran.

—Por favor, no lo intente. Comprendo que usted piense que es su amiga, pero según sus analíticas, tiene usted una alta dosis de opiáceos y barbitúricos. Y permítame decirle que usted no tiene nada de eso recetado en su informe. Y esa chica de la que usted me habla le tiene denunciado por acoso; eso me costó más investigarlo. Pues le tuve que pedir ayuda a mi amigo, el policía McKensy.

Tal como hemos visto a través de la introducción a la historia, vemos a dos personajes claros. Uno es Madame Susai, quien me es útil para explicar uno de los grandes problemas que actualmente estamos sufriendo como sociedad: las supuestas videntes o brujas, las cuales hacen uso de diversos tipos de drogas, principalmente alucinógenas, para influir en el comportamiento dc las personas que acuden en busca de ayuda.

Esto nos traslada a nuestro protagonista, el cual acaba siendo una víctima a costa de las circunstancias que le obligan a buscar esa situación, y de la cual posiblemente no hubiese podido darse cuenta si no fuera porque acabó en el hospital.

Gracias a esto, podemos ya analizar los factores claves. Una vez tiene a su víctima bajo control, puede pedirle dinero o lo que ese estafador desee. Ahora bien, vemos que le envía a China a buscar una sustancia para supuestamente traer de vuelta a un ser querido.

En esta instancia, debemos plantearnos y analizar su tipo de relación, es decir, si es un familiar, si por el contrario es algún tipo de amigo o vamos más allá: si es alguna pareja o expareja. Esto es lo que nos planteamos si estuviésemos hablando de una persona estable, pero hemos visto que a esta persona la están manipulando a través del uso de diferentes tóxicos, lo cual irremediablemente nos lleva a plantearnos la gran pregunta: ¿a quién quiere traer de vuelta?

Bien, dicho esto y habiendo resuelto, deberíamos plantearnos otra hipótesis, quizá más importante que la anterior: ¿por qué quiere traer a esa persona de vuelta?

Analizamos el supuesto de un hombre sano y estable, el cual pierde a su pareja o esposa. En este libro ya hemos visto varios casos donde el duelo juega un papel bastante duro en ese aspecto, y en cómo ese dolor afecta irremediablemente al cerebro, produciendo estados de conciencia alterada y desencadenando en las diferentes situaciones vistas.

Pero en este caso estamos hablando de un hombre cuya conciencia, subconsciente y cerebro están siendo alterados por el abuso de los diferentes tóxicos a los que este hombre somete a su cuerpo, siguiendo los consejos de una supuesta amiga. Y digo supuesta porque es lo que su cerebro le dice que es, pero en realidad, tal y como sabemos, es una mujer que lo estafa.

Para finalizar la historia, vemos que este hombre acaba en el hospital, con el doctor explicando la situación y que han tenido que atarlo, posiblemente, por el estado de alteración al que le llevó el abuso de sustancias, o quizá para que, al contarle la situación real, teniendo que trasladar su mente al momento presente, no resulte en una reacción agresiva. A lo cual debemos sumarle el síndrome de abstinencia.

Esto resulta muy interesante si le sumamos que ese hombre pudo viajar en la época donde se produjo el CO-VID. Gracias al uso aumentado de sustancias, hace que la conversación que escucha para eliminar a la mayor parte de la población de China sea fruto también del abuso de dichas sustancias.

Las tecnologías avanzan a pasos agigantados. Hace años no teníamos tantos avances como ahora. Incluso el móvil era algo que tan solo servía para llamar y recibir llamadas. No fue hace mucho tiempo cuando esos primeros ordenadores comenzaron a adornar las mesas de nuestras casas, con esas computadoras tan grandes que quizá necesitábamos varios escritorios para darle el espacio necesario.

Cómo olvidar la época donde Internet Explorer era uno de los principales buscadores. Donde nuestros primeros correos electrónicos no fueron Gmail, sino Hotmail, el cual incluso tenía su propio buscador.

Cómo olvidar también la época donde ibas a la tienda a comprar el disco o, algunos melómanos, incluso el vinilo de tu artista favorito. Había personas que les gustaba guardarlo en su MP3, para lo cual hacía falta descargarte las canciones. Y no me negaréis que uno de los programas que más se usaba era Emule.

La época en la cual para ver una película había dos opciones: una era, al igual que ahora, ir al cine y disfrutarla en la gran pantalla, en los cines, pero había más opciones. Otra de ellas era ir al videoclub de tu barrio a alquilar películas, pero si eras un gran cinéfilo y querías tener VHS en tu casa, también podrías ir a la tienda y comprarla. Ahí es donde nacieron esas estanterías para guardar el mayor número de cintas posible.

Por último, me gustaría recordar esa época donde los móviles servían para llamar y recibir llamadas, donde muchos compraban politonos para tener un sonido diferente de llamada. Donde la batería podía durar varios días, donde los móviles no necesitaban fundas ni tan siquiera protectores de pantalla. Y que, si por algún motivo necesitabas por culturizar motivo llamar a alguien, solo debías tener unas monedas y en una cabina llamar.

¿Quién nos iba a decir que todo eso estaría en algún momento en un mismo dispositivo? En un dispositivo que siempre llevamos con nosotros: el teléfono móvil. Ese que avanzó tanto y con el que ahora puedes llamar, escuchar música e incluso ver películas y series.

Por eso quiero hacer un relato imaginativo de cómo pienso yo que podría verse mi ciudad en un futuro. Al ser la ciudad donde yo vivo, la ciudad donde yo me crie, decidí que llevase por título *Mi ciudad, Valladolid, en un futuro lejano*.

Era hermoso recordar algo que no viví, pero que a través de historias parece que toman forma. Las aceras con baldosas rojas y algunas grises, esa que siempre decía que estaban arregladas y era imposible caerse, al menos, hasta que pasó lo que él llama la época gris. Esas historias que contaba mi abuelo acerca de Valladolid parecen haber caducado; ese Valladolid hace tiempo que no existe y ahora de eso no queda nada. Las caricias se venden a 10 €, a través de besos que no fueron concedidos y se ilusionan con alguien que se dedica a ello.

Hace algunos años, cuando comenzó lo que mi abuelo llama La época gris, las calles empezaron a dejar de ser seguras. Fue con la llegada de ciertos grupos de personas. Ello provocó que mi abuelo debiera tener dos trabajos para pagar las cosas. Los precios e impuestos se encarecieron, mientras a esas personas les regalaban casa e incluso comida, donde la mayor parte de esta acaba en la basura, pues ellos o no lo querían o, según decía mi abuelo Pedro, no podían comerlo.

Los amantes solo se conectan a través de un móvil, algo que con los Nokia ya no pasaba, pero que con los nuevos móviles y redes como Facebook, WhatsApp y Messenger, o el antiguo Tuenti, comenzaba a asomarse. El problema es que si decides no ser así, entonces te meten en algo que llaman reformador. Es tan triste. Todo se desvaneció. Ya no existe la felicidad ni la vida amada. Solo existe la pena y tristeza.

Te obligan a tener una gran dependencia de los móviles. En mi clase, incluso fuimos a hacer un Kahoot. A un compañero se le apagó su teléfono móvil y, al no poder continuar, la profesora le ofreció ponerlo a cargar, pero Puppy dijo algo que quizá mi profesora no esperaba y por lo que le puso una falta o parte virtual, y es que no tenía allí el cargador, alegando que no quería depender solo del teléfono móvil.

Caminando por una acera como un zombi, solo que aquí nadie come cerebros, pues eso parece que dejó de usarse a medida que el nuevo milenio, el del XXI, comenzaba a asomarse. Porque sí, esto es como un apocalipsis zombi, pero aquí nuestra piel no cambia de color. Nuestra piel no es verde, no tenemos heridas, como si hubiéramos regresado a una vida que nos fue arrebatada. Al contrario, aquí la vida se iba agotando como la batería de un teléfono móvil, donde casi todo está prohibido. Así que ando con cuidado. Por aquí, en Valladolid, la plaza Zorrilla es ahora la plaza del ahorcado. Antiguamente, el Campo Grande era conocido como el Campo de Marte y la Inquisición traía aquí a la gente para acabar con ellos. Ahora tenemos algo llamado la Social-Live. Si no tienes redes sociales, el gobierno considera que no existes; te traen aquí y te ahorcan, pero para hacerlo más interesante traen a lo que ellos llaman los influencers. Cada uno de los cuales, con su móvil, le va poniendo los retos más virales. Virales, sí; suena como virus, porque así se contagia.

Pues antes lo hacía casi todo el mundo que quería arriesgar su vida, pero es por este motivo por el que dejó de hacerse.

Mientras, los influencers de la ciudad se graban y suben un hashtag *de #noinstagramnolive, y ahora me han traído a mí. Tengo pensadas mis últimas palabras: «Despertar a mí no me esclavizan con un teléfono, soy una persona, no debo someterme a una máquina».*

Quizá pueda parecer algo imposible de imaginar, y me gustaría deciros que así es, pero no puedo. De hecho, me pasé varias veces intentando conocer el nivel cultural de las personas en la sociedad. De todas las preguntas que hice, hay una que quiero compartir con ustedes.

El Siglo de Oro fue una de las épocas más interesantes de la literatura española, y dentro de la cual podemos destacar a dos grandes poetas, de los cuales nos quedan recuerdos escritos de la época en la que se estaban escribiendo y criticando entre ellos.

Lo cual me pareció bastante sencillo de entender, por lo que decidí preguntar: ¿Quién fue Quevedo? Entre las múltiples respuestas que recibí, hubo una que me asombró bastante. Un joven me dijo: «No está muerto y de hecho da conciertos muy buenos». Ante mi asombro, decidí buscarlo y, con perdón por si ofendo a alguien, pero para nada es parecido a ese gran poeta. Suena más parecido a ese obrero que llamas para arreglar un problema en tu casa al ritmo de un martillo percutor.

Para terminar este libro, os voy a poner una de las obras que, para su análisis correcto, es necesario que nos hayamos leído todo lo anterior y, por el motivo por el cual se encuentra al final. Vamos a hablar de una de las enfermedades mentales más graves que hay.

Si bien ya nos hemos parado en las diferentes historias, contribuyendo en diferentes puntos para hacer un análisis de lo que conlleva el abuso de sustancias, vamos a dar un paso más allá.

También vamos a ir a lo más profundo y cruel del ser humano. Para ello, vamos a analizar la etapa del duelo no superada desde una de las perspectivas más humanamente enfermas.

Aquí vamos a ver uno de los lados más oscuros a los que puede llegar el ser humano. Una oscuridad que podría helar y herir la sensibilidad de muchos de ustedes. Así que leamos este relato con cuidado, pues lleva por título *El día que se nubló*.

Habían pasado ya más de cinco años desde que la vi por última vez. Aun así, su embriagador perfume seguía cautivando mi esencia. No entendía por qué pasaba esto después de tanto tiempo. Decidí que debía volver a intentar verla.

Recordé la dirección, cogí el juego de llaves que me prestó y, aunque no había llave de la puerta de entrada, algo que no era para nada extraño, pues a ella le gustaba siempre ir y abrir la puerta, decidí llamar al timbre.

Entonces, comienzo a oír pasos al ritmo que mi corazón se acelera. Vuelve el olor del perfume, ese perfume tan embriagador, esas notas de flor aleteando en mi cabeza. Y… la puerta comienza a sonar, anunciando su apertura. Un hombre me abre la puerta.

—¿Puedo ayudarle? —pregunta el aún desconocido.

—Ouch, no, perdone, me confundí —digo yo.

—Arnaldo, ¿eres tú?

—Sí, pero ¿cómo has…?

No me dio tiempo a terminar la frase cuando ese hombre se lanza a mí y comienza a besarme. Pensé en apartarme, pero no podía; ese beso se parecía al de ella, al de la mujer que me embrujó.

—Comprendo que ahora no lo entiendas, pero hace cinco años, cuando aún trabajaba para la CIA, mi misión era detener

a Hilary Clinton en su carrera electoral. Debía fingir ser mujer para ser su amiga o, en caso necesario, acostarme con ella, pues es lesbiana. Entonces te conocí, y pasó algo inesperado: me enamoré de un hombre. Por suerte, me llamo Álex y es un nombre neutro.

—Entonces, ¿por eso fue por lo que no contestaste más a mis llamadas?

—Sí, así es; tenía un móvil que no era el mío. Por lo menos ya entiendo las burlas de mis compañeros, pero no me importa. Por fin has vuelto. Puede que no sea lo que imaginabas, pero…

—Jamás pensé que diría esto, pero te amo. Tu olor no me dejó descansar.

Planta 48, puerta 24; no pensaba tener que volver a esta situación, pero ahora no quería irme. Lo había vuelto a encontrar. Puede que no fuera una mujer, pero no me importaba.

Álex cierra la puerta y me empuja contra ella. Yo le quito la camiseta. No comprendo bien por qué, pero al ver esos abdominales me excito tanto que es imposible contener la erección. Él se da cuenta mientras me va desabrochando los botones de la camisa. Su otra mano está ocupada intentando encontrar un hueco más allá de mi ropa interior.

Cuando llegamos al dormitorio, la cosa no acaba ahí. Cuando me baja el pantalón y luego me quita la ropa que aún me quedaba, el calzoncillo, deja mi miembro desnudo, lo aproxima a su boca de tal forma que me hace gritar de tal forma que nadie lo había hecho.

Entonces decido probar con un sesenta y nueve, algo que hace que me excite aún más. Entonces, se da la vuelta, indicando con sus gestos que termine en él.

Antes debía asegurarme de que estaba bien; no quería hacerle daño. Comienzo a introducir mis dedos uno a uno en su trasero.

Cuando notó que este ya está lo suficientemente abierto, me pongo encima de él y, poco a poco, me introduzco en él, lo cual me lleva a la excitación máxima al escuchar sus gemidos. Entonces, el semen comienza a salir de mí, al mismo tiempo que el suyo.

Por fin puedo cumplir mi sueño. Por fin lo he encontrado.

Todo se difumina, no entiendo nada. Es como si fuera un sueño, pero real. Entonces, la cara de Álex se convierte en la cara de mi difunta esposa. Ella acababa de morir hace tan solo un mes y medio a causa de una parálisis cerebral. Nadie entendía por qué, ni los médicos.

Recordaba su dulzura al hacer cualquier cosa, incluso los pasteles que cocinaba. Si se derramaba la masa, lejos de hacer lo que haría cualquier persona —enfadarse, que quizá sería lo más lógico—, solo se reía. Hasta el momento en que un día, yendo al médico, este nos dio la terrible noticia de su enfermedad.

Ahora Álex vuelve a tener su rostro habitual. No puedo evitar parar de mirarle. Entonces, decido preparar la cena y comer algo. Estoy bastante tiempo pensando en qué podría cocinar. Pienso, en primer lugar, en algo sencillo: unos macarrones con queso, pero claro, el queso tiene leche y podría pensar que es una indirecta para volver a llevarle a la cama. Entonces pienso que lo mejor sería algo más sencillo, como unos huevos fritos con beicon y entonces se me pasó la misma idea por la cabeza. Fue entonces que me acuerdo de cuál es su plato favorito: un quiche de beicon y pollo. La verdad es que no es fácil de preparar y sé que me iba a llevar un rato. Aun así, ansío ver su cara al comérselo. Deseo que lo pruebe, que vaque me he acordado.

Unas horas después ya lo tengo cocinado.

Le vendo los ojos a Álex y le llevo a la mesa. Decido empezar a darle de comer. Él lo saborea y disfruta; sé que le gusta.

Entonces, la habitación comienza a dar vueltas y volverse gris. Álex cambia su aspecto por el de mi mujer fallecida. No entiendo nada. Al principio pienso que desde el más allá estará enfadada conmigo por lo que he hecho, por no haber respetado el período de luto, pero ha pasado un mes y medio. No lo comprendo. Me giro hacia Álex; su rostro sigue siendo el de mi difunta esposa. Incluso sus ojos verdes ahora se ven negros como el azabache. Mi móvil comienza a sonar. Acabo de recibir un mensaje de Mónica. Ella es la hermana de Sonia, mi difunta esposa. Siempre supe que estaba enamorada de mí en secreto, aunque no quisiera admitirlo. Así que, como era obvio, decido ignorar el mensaje. Álex entonces me mira de nuevo. Me dice que es hora de despertar y que mire el piso.

Pienso que s alguno de sus juegos y decido empezar a investigarlo. Comienzo en la habitación. Aquí tan solo encuentro un montón de facturas. Decido que es algo privado y que no debo cotillear ahí. Como ya he estado en la cocina, decido ignorarlo. Y entonces un móvil comienza a sonar. Es cierto que al principio tenía ese tono. Me pareció una simple canción. Entonces pienso: «esa canción es Perfect, de Ed Sheeran». Y ese es el cantante favorito de mi mujer.

No puede ser. ¿Cómo es posible? La cara de Álex se vuelve gris. La habitación se oscurece y comienza a dar vueltas. Esta vez, se acrecienta con un enorme chirrido. Un chirrido tan horrible que me obliga a tapar mis oídos. Vuelvo a mirar a Álex, pero no cambia su expresión. Y el chirrido ya casi había cesado. Y la habitación casi deja de dar vueltas. Alguien comienza a golpear la puerta. Si tengo timbre. ¿Por qué llaman a la puerta? ¿Tendré una deuda con alguien tan cruel que ahora venía a cobrar? No lo voy a permitir; empiezo a contar el dinero. No sé si será suficiente. Álex no se mueve. Así que, en su lugar, fui yo quien decidió preguntar quién era.

—Señor Arnaldo Pérez, la familia ya lleva tiempo reclamando, es hora de abrir.

—¿Quiénes son y qué es lo que quieren? Y ¿cómo han sabido mi nombre si este no es mi piso? Es el piso de Álex.

De nuevo, Álex vuelve a desaparecer y, en ese momento, la cara de mi esposa se vuelve a mostrar. Esta vez, la habitación se vuelve gris. El horrible chirrido. Y ahora, un montón de botes de pastillas vacías adornan la habitación. A su lado, un papel. En este pone que, si tomas más de dos al día, no solo olvidas lo que quieres, sino todo.

No entiendo qué pasa.

Los susurros al otro lado de la puerta no ayudaban, así que decido volver a preguntar quién llama.

Ahora nada cambia; el chirrido aumenta y las paredes cada vez son más grises. Y Álex. Él sigue con el rostro de mi mujer.

Finalmente, contestan al otro lado de la puerta con una respuesta tan aterradora que hiela mi corazón.

—Arnaldo, lo sabemos todo. Esas pastillas te las dio un camello con la intención de que olvidaras a tu mujer. Te volviste adicto a ellas y ya no puedes dejarlas. Si nos dejas, podemos ayudarte. Señor, es hora de que sepas la verdad. Abre la puerta; no queremos hacerte daño. Nosotros somos la Unidad Especial de la Policía para este tipo de casos. La única razón por la que venimos es, como ya te dijimos, a reclamar el cuerpo de tu mujer. Su familia está muy preocupada y necesita darle ese último momento. Abre, por favor.

Entonces, abro la puerta y miro alrededor. Álex es en realidad mi mujer fallecida. Se observan algunos gusanos en ella y la cara tapada del policía no ayuda. Me detienen alegando homicidio. La vuelvo a mirar y veo un agujero en su cabeza y una maleta a medio hacer.

Entonces, lo recuerdo y comienzo a reír sin saber por qué.

El policía comienza a esposar mis manos y comienza a hablar:

—Queda detenido por violencia de género y homicidio, y procedo a leer sus derechos. Tiene derecho a un abogado; en caso de no tener uno, si no tiene recursos suficientes, el estado le proporcionará uno. Tiene derecho a permanecer en silencio, ya que cualquier cosa, hecho o declaración que diga podrá ser usada en su contra en el momento del juicio, y tiene derecho a una llamada.

—Jefe, añada también retención de cadáver ilegal y…

—Vale, Mike, pero ¿qué más?

—Verá, jefe, es que ha habido una profanación de cadáver y… Falta la determinación del forense, pero hemos encontrado el cadáver sin la parte posterior de la ropa y mordiscos que parecen ser… Bueno, postmortem… Ya me entiende…

Aquí debemos plantearnos un hecho. Un hecho que para muchos de ustedes puede parecer escalofriante, pero que necesariamente debemos plantear. ¿Era un sociópata o un psicópata? Para esta primera pregunta debemos plantearnos la diferencia entre uno y otro.

El psicópata es, por ende, de ambos el único que es irremediable, pues es de estos sujetos el único que nace con esta condición. Su naturaleza le hace llevar ese impulso irracional a esa serie de circunstancias, hecho por el que se recomienda que permanezcan en una institución mental o, en su defecto, bajo una gran y estricta medicación.

El sociópata, sin embargo, es algo más complicado. Es una persona que nace estable. Y con estable me refiero a que no presenta ningún trastorno en el momento del nacimiento. Sin embargo, a medida que pasa el tiempo, las situaciones van transformando su cerebro.

Este hecho se presenta fundamentalmente en casos de *bullying,* especialmente en las escuelas de Estados Unidos, gracias a la facilidad que se presenta para la adquisición de armas. El niño sufre burlas, sufre un gran dolor que le hace sentir incomprendido y lo que finalmente desencadena en las grandes catástrofes que tristemente nos aparecen en televisión.

Resuelto este punto, debemos pasar a plantearnos otra pregunta también bastante interesante y que finalmente resolveremos todo, pero en este momento quiero ver si eres capaz de llegar a la misma conclusión por los pasos que hemos ido dando.

La pregunta que nos acrecienta ahora es: ¿Es el abuso de drogas el que le llevó a esa situación? ¿O fue el uso de estas lo que aumentó y empeoró la situación?

Bueno, es cierto que este punto quizá es más complicado. Así que vamos a analizarlo en detalle. Si nos damos cuenta y reflexionamos, observamos que al comienzo de esta historia no ve a su mujer en ningún momento. De hecho, va con la única intención de buscar a una persona a la cual hace tiempo que perdió la pista, pero que casualmente tiene la llave y, además, recuerda perfectamente la dirección. También vemos, a medida que pasa la historia, que nuestro protagonista, Arnaldo, sabe que su mujer ha fallecido, pero nos va dando la pista a la respuesta cuando la cara de su amante se confunde. Incluso podríamos decir que se escala con la de su mujer. También él es consciente de que murió o, mejor dicho, falleció en el hospital.

Entonces, vamos avanzando en la historia y vemos que nada de lo que hemos leído es cierto. Todo es fruto de la mente de Arnaldo, imaginando que su mujer tuvo un final en un hospital. Dentro de la normalidad de una persona joven es donde se cree que acaba debido a una grave enfermedad, como en el caso de esta historia, en la cual piensa que falleció por una parálisis cerebral.

Nos vamos adentrando más profundamente en la historia. Descubrimos de esta forma que el piso donde está es, en realidad, el que compartía con su difunta esposa. Al aparecer la policía, nos da la pista principal, y es que, efectivamente, tomaba las sustancias para olvidar el fallecimiento de su esposa.

Para finalizar la historia, vemos que el policía ve a la mujer fallecida en un estado de descomposición avanzado. También vemos una maleta a medio hacer, tal y como se relata. Destaca también la llamada de su cuñada, tratando de preguntar por su hermana, posiblemente, porque esta se fuera a ir, quizá por desesperación de vivir con él, por una posible situación de malos tratos. Lo cual, si le sumamos que el protagonista, Arnaldo, piensa que ella está enamorada de él, damos respuesta a la primera pregunta: no es un sociópata. Es un psicópata y, posiblemente, con narcisismo.

Espero que este libro le haya ayudado a sanar sus heridas internas y, de este modo, observar que todos, de alguna manera, queramos o no, seamos o no conscientes, llevamos unos monstruos dentro. Unos monstruos a los que hay que cazar. Porque si no somos conscientes de que hay que matar esos monstruos, no podremos seguir avanzando y siempre estarán atormentando nuestra parte más sensible. Por eso es importante recordar: no se puede ayudar a los demás si no nos ayudamos a nosotros mismos.

Dime, ¿cómo vas a ayudar a otra persona a cazar a sus monstruos si el tuyo sigue atacando y acechando a tu alrededor?

Agradecimientos

A Isidra Calzada Fernández (1924-2014). Gracias por todo el apoyo que me diste y todos tus consejos.

A Eugenio Valencia y Florinda Cobreros. Gracias por vuestro apoyo y por todos vuestros consejos.

A la Asociación de Poesía Perversos (Valladolid). Gracias por esas tardes de poesía.

Gracias también a todas esas personas que habéis estado apoyándome y que seguís conmigo. Porque lo importante es seguir peleando y luchando contra nuestros monstruos.